TRANZLATY

El idioma es para todos

Bahasa adalah untuk semua orang

Las Aventuras de Alicia en el País de las Maravillas

Pengembaraan Alice di Dunia Menakjubkan

Lewis Carroll

Español / Bahasa Melayu

Por la madriguera del conejo
Turun Lubang Arnab

Alicia empezaba a cansarse mucho
Alice bermula rasa sangat letih
Estaba sentada junto a su hermana en el banco de hierba
dia duduk di sebelah kakaknya di tebing rumput
Pero ella no tenía nada que hacer
tetapi dia tidak mempunyai apa-apa kaitan
Su hermana estaba leyendo un libro
kakaknya sedang membaca buku
una o dos veces Alicia echó un vistazo al libro
sekali atau dua kali Alice mengintip ke dalam buku itu
Pero el libro no contenía imágenes ni conversaciones
tetapi buku itu tidak mempunyai gambar atau perbualan di dalamnya
«¿De qué sirve un libro sin imágenes?», pensó Alicia
"apa gunanya buku tanpa gambar?," terfikir Alice
"¿Por qué un libro no tendría conversaciones?"
"Mengapa buku tidak mempunyai perbualan?"
Pero tenía otras cosas que considerar
tetapi dia mempunyai perkara lain untuk dipertimbangkan

"Hacer una cadena de margaritas sería un placer"
"Membuat rantai bunga aster akan menjadi keseronokan"
"¿Pero vale la pena el esfuerzo de levantarse y recoger las margaritas?"
"Tetapi adakah ia berbaloi dengan usaha untuk bangun dan memetik bunga aster ??"
No era tan fácil pensar en esto
Ini tidak begitu mudah untuk difikirkan
porque el día la estaba haciendo sentir somnolienta y estúpida
kerana hari itu membuatkan dia berasa mengantuk dan bodoh
Pero de repente sus pensamientos se vieron interrumpidos
tetapi tiba-tiba fikirannya terganggu
un conejo blanco de ojos rosados corrió cerca de ella
Arnab Putih dengan mata merah jambu berlari dekat dengannya

No había nada demasiado notable en el conejo
Tidak ada yang terlalu luar biasa tentang arnab itu
y Alicia tampoco pensó que el conejo fuera notable
dan Alice juga tidak menganggap arnab itu luar biasa
ni le extrañó que el Conejo hablara
juga tidak mengejutkannya apabila Arnab bercakap

"¡Oh, Dios mío! ¡Llegaré demasiado tarde!", se dijo a sí mismo

"Oh sayang! Saya akan terlambat!" katanya kepada dirinya sendiri

pero entonces el Conejo hizo algo que los conejos no hacían

tetapi kemudian Arnab melakukan sesuatu yang tidak dilakukan oleh arnab

el Conejo sacó un reloj del bolsillo de su chaleco

Arnab mengeluarkan jam tangan dari poket baju pinggangnya

Miró la hora y luego se apresuró a seguir adelante

Dia melihat masa dan kemudian bergegas

Alicia se puso en pie, asombrada

Alice bangkit, kagum

¡Nunca antes había visto un conejo con chaleco!

Dia tidak pernah melihat arnab dengan baju pinggang sebelum ini!

¡Tampoco había visto nunca un conejo con reloj!

dia juga tidak pernah melihat arnab dengan jam tangan!

Alicia ardía con una nueva curiosidad

Alice terbakar dengan rasa ingin tahu baru

y corrió por el campo tras el Conejo

dan dia berlari melintasi padang selepas Arnab

Llegó justo a tiempo para ver desaparecer al conejo

dia tepat pada masanya untuk melihat arnab itu hilang

El conejo saltó a una gran madriguera

Arnab itu melompat ke dalam lubang arnab yang besar

¡En otro momento, Alicia bajó detrás del conejo!

Dalam sekejap lagi, Alice mengejar arnab itu!

La madriguera del conejo seguía recto como un túnel

Lubang arnab terus seperti terowong

Y el túnel siguió avanzando a cierta distancia

dan terowong itu terus berjalan agak jauh

Y entonces el camino de repente se hundió

dan kemudian laluan itu tiba-tiba merosot ke bawah

Alicia no tuvo ni un momento para pensar en detenerse

Alice tidak mempunyai masa untuk berfikir untuk menghentikan dirinya

Se encontró a sí misma cayendo y abajo y abajo
dia mendapati dirinya jatuh dan turun dan turun
Parecía como si hubiera caído en un pozo muy profundo
seolah-olah dia telah jatuh ke dalam perigi yang sangat dalam
O el pozo era muy profundo, o ella caía muy lentamente
Sama ada telaga itu sangat dalam, atau dia jatuh dengan
perlahan
porque tenía tiempo de sobra para caer
kerana dia mempunyai banyak masa untuk jatuh
Mientras caía, podía mirar a su alrededor
Semasa dia jatuh, dia boleh melihat sekelilingnya
Primero, trató de averiguar a dónde iba
Pertama, dia cuba mengetahui ke mana dia akan pergi
Pero el pozo estaba demasiado oscuro para ver nada
tetapi perigi itu terlalu gelap untuk melihat apa-apa
Luego miró a los lados del pozo
Kemudian dia melihat ke sisi perigi
Y se dio cuenta de que había armarios a su alrededor
dan dia perasan bahawa terdapat almari di sekelilingnya
y alrededor del pozo había estanterías de libros
dan di sekeliling perigi terdapat rak buku
Aquí y allá veía mapas y cuadros colgados de perchas
Di sana-sini dia melihat peta dan gambar digantung pada
pasak
Al pasar, bajó un frasco de una de las estanterías
Dia menurunkan balang dari salah satu rak semasa dia berlalu
El frasco estaba etiquetado por su contenido
balang itu dilabelkan untuk kandungannya
"MERMELADA DE NARANJAS"
"MARMALADE DIPERBUAT DARIPADA OREN"
**Pero, para su gran decepción, el frasco de mermelada estaba
vacío**
tetapi, yang sangat mengecewakannya, balang marmalade itu
kosong
No quería dejar caer el tarro de mermelada vacío
Dia tidak mahu menjatuhkan balang marmalade kosong
y su caída fue muy lenta

dan kejatuhannya sangat perlahan
Así que se las arregló para poner el frasco de mermelada en uno de los armarios
Jadi dia berjaya memasukkan balang marmalade ke dalam salah satu almari
¡Abajo, abajo, abajo, ella cae!
Turun, turun, turun dia jatuh!
¿Llegaría alguna vez la caída a su fin?
Adakah kejatuhan akan berakhir?
No había nada más que hacer
Tiada apa-apa lagi yang perlu dilakukan
así que Alicia pronto empezó a hablar consigo misma
jadi Alice tidak lama lagi mula bercakap dengan dirinya sendiri
—¡Dinah me echará mucho de menos esta noche, creo!
"Dinah akan sangat merindui saya malam ini, saya patut fikir!"
Dinah era la gata de Alicia
Dinah ialah kucing Alice
"Espero que se acuerden de su plato de leche a la hora del té"
"Saya harap mereka akan mengingati piring susunya pada waktu minum teh"
—¡Dinah, querida, desearía que estuvieras aquí abajo conmigo!
"Dinah, sayangku, saya harap awak berada di sini bersama saya!"
Alicia sintió que se estaba quedando dormida
Alice merasakan bahawa dia tertidur
Y de repente, ¡pum! ¡golpe!
dan kemudian tiba-tiba, berdebar! berdebar!
Cayó sobre un montón de palos
dia jatuh di atas timbunan kayu
y aterrizó sobre un montón de hojas secas
dan dia mendarat di atas timbunan daun kering
Y finalmente la larga caída por el agujero había terminado
dan akhirnya kejatuhan panjang ke dalam lubang itu berakhir
Alicia no estaba herida en lo más mínimo

Alice tidak terluka sedikit pun
Y se levantó de un salto en un momento
dan dia melompat dalam sekejap
Alzó la vista, pero todo estaba oscuro sobre su cabeza
Dia mendongak, tetapi semuanya gelap di atas kepala
Frente a ella había otro largo pasillo
di hadapannya terdapat satu lagi koridor panjang
y el Conejo Blanco seguía a la vista
dan Arnab Putih masih kelihatan
Corría por el pasillo
dia tergesa-gesa menyusuri koridor
No había un momento que perder
Tidak ada masa untuk hilang
Alicia salió corriendo como el viento
lari Alice seperti angin
A la vuelta de la esquina giró el conejo
di sekitar sudut menghidupkan arnab
Llegó justo a tiempo para oír al conejo
dia tepat pada masanya untuk mendengar arnab itu
"Oh, mis orejas y bigotes"
""Oh, telinga dan misai saya"
"¡Qué tarde se está haciendo!"
"Berapa lewat lagi!"
Estaba muy cerca del conejo
Dia berada dekat di belakang arnab
Dobló otra esquina
dia berpaling di sudut lain
pero el Conejo ya no se dejaba ver
tetapi Arnab itu tidak lagi dapat dilihat
Se encontró en un pasillo largo y bajo
Dia mendapati dirinya berada di dewan yang panjang dan rendah
La sala estaba iluminada por una hilera de lámparas de techo
Dewan itu diterangi oleh deretan lampu siling
Había puertas por todo el pasillo
Terdapat pintu di sekeliling dewan
pero todas las puertas estaban cerradas con llave

tetapi semua pintu dikunci
Caminó por un lado del pasillo
Dia berjalan sepanjang jalan ke satu sisi dewan
Y ella había caminado todo el camino hasta el otro lado de la sala
dan dia telah berjalan sepanjang jalan ke seberang dewan
Había intentado todas las puertas
dia telah mencuba setiap pintu
Y caminó tristemente por el centro del pasillo
dan dia berjalan dengan sedih di tengah-tengah dewan
"¿Cómo voy a volver a salir?"
"bagaimana saya boleh keluar lagi?"

De repente se encontró con una mesita
Tiba-tiba dia terjumpa sebuah meja kecil
La mesa estaba hecha completamente de vidrio macizo
meja itu diperbuat sepenuhnya daripada kaca pepejal
No había nada sobre la mesa, excepto una pequeña llave dorada
Tiada apa-apa di atas meja kecuali kunci emas kecil
¡La llave podría pertenecer a una de las puertas!

kuncinya mungkin milik salah satu pintu!
**Pero, ¡ay! Algunas de las cerraduras eran demasiado grandes
para las llaves**
tetapi, malangnya! beberapa kunci terlalu besar untuk kunci
y para las otras cerraduras la llave era demasiado pequeña
dan untuk kunci yang lain kuncinya terlalu kecil
**Pero, en cualquier caso, la llave no abrió ninguna de las
puertas**
tetapi, bagaimanapun, kunci itu tidak membuka pintu
Pero, ¿qué iba a hacer ella?
tetapi apa yang perlu dia lakukan?
Volvió a atravesar el pasillo
Dia pergi melalui dewan sekali lagi
Y esta vez se fijó en una cortina baja
dan kali ini dia melihat tirai rendah
Detrás de la cortina había una puertecita
Di sebalik tirai terdapat pintu kecil
La puerta tenía unos quince centímetros de alto
pintunya kira-kira lima belas inci tinggi
Probó la pequeña llave dorada en la cerradura
Dia mencuba kunci emas kecil di dalam kunci
Y para su gran deleite, ¡la llave encajó en la cerradura!
dan yang sangat menggembirakannya, kunci itu muat di
dalam kunci!
Alicia abrió la puerta
Alice membuka pintu
Y encontró que la puerta daba a un pequeño pasillo
dan dia mendapati pintu itu menuju ke koridor kecil
**El corredor no era mucho más grande que una madriguera de
ratas**
koridor itu tidak jauh lebih besar daripada lubang tikus
Se arrodilló y miró a lo largo del pasillo
Dia berlutut dan melihat di sepanjang koridor
Y ella vio el jardín más hermoso que jamás hayas visto
dan dia melihat taman paling indah yang pernah anda lihat
¡Cómo anhelaba salir de ese oscuro salón
bagaimana dia rindu untuk keluar dari dewan gelap itu

cómo quería vagar entre esas flores brillantes
bagaimana dia mahu mengembara di antara bunga-bunga
terang itu
¡Qué genial se veían esas fuentes
betapa sejuknya menyegarkan air pancut itu kelihatan
Pero ni siquiera podía meter la cabeza por la puerta
tetapi dia tidak dapat memasukkan kepalanya melalui pintu
-¡Oh! -exclamó Alicia con tristeza-
"Oh," kata Alice, sedih
"¡Cómo desearía poder plegarme como un telescopio!"
"betapa saya berharap saya boleh melipat seperti teleskop!"
"Creo que podría plegarme como un telescopio"
"Saya rasa saya boleh melipat seperti teleskop"
"Si supiera cómo empezar"
"jika saya hanya tahu bagaimana untuk bermula"
Alicia volvió a la mesa
Alice kembali ke meja
Existía la posibilidad de encontrar otra llave
Terdapat peluang untuk mencari kunci lain
O podría haber un libro de reglas
atau mungkin ada buku peraturan
El libro podría decirle cómo plegarse como un telescopio
Buku itu boleh memberitahunya cara melipat seperti teleskop
Esta vez encontró una botellita
Kali ini dia menemui botol kecil
—Esta botella no estaba aquí antes —dijo Alicia—
"botol ini pastinya tidak ada di sini sebelum ini," kata Alice
y atada alrededor del cuello de la botella había una etiqueta
de papel
dan diikat di leher botol itu ialah label kertas
La etiqueta estaba bellamente impresa en letras grandes
label itu dicetak dengan indah dalam huruf besar
"BÉBEME"
"MINUM SAYA"
—No, miraré primero —dijo ella—
"Tidak, saya akan lihat dahulu," katanya
"Veré si la botella está marcada como venenosa o no"

"Saya akan lihat sama ada botol itu ditandakan sebagai
beracun atau tidak,"
porque nunca olvidó la lección sobre el veneno
Kerana dia tidak pernah melupakan pelajaran tentang racun
**"Si una botella está etiquetada como venenosa, es probable
que no esté de acuerdo contigo"**
"Jika botol dilabelkan beracun, ia pasti tidak bersetuju dengan
anda"
Sin embargo, esta botella no estaba marcada como venenosa
Walau bagaimanapun, botol ini tidak ditandakan sebagai
beracun
así que Alicia se aventuró a probar el contenido de la botella
jadi Alice memberanikan diri untuk merasai kandungan botol
itu
Encontró el líquido bastante de su agrado
dia mendapati cecair itu agak sesuai dengan keinginannya
La bebida tenía una especie de sabor mezclado
minuman itu mempunyai sejenis rasa campuran
tarta de cerezas, natillas y piña
ceri-tart, kastard, dan nanas
Pavo asado, caramelo y tostadas con mantequilla caliente
ayam belanda panggang, toffee, dan roti bakar dengan
mentega panas
Y pronto acabó la botella
dan dia tidak lama kemudian menghabiskan botol itu
-¡Qué sensación tan curiosa! -exclamó Alicia-
"Perasaan yang ingin tahu!" kata Alice
"¡Me estoy pliegando como un telescopio!"
"Saya melipat seperti teleskop!"
¡Y se estaba pliegando como un telescopio!
Dan dia memang melipat seperti teleskop!
Ahora solo medía diez pulgadas de alto
Dia kini hanya sepuluh inci tinggi
y su rostro se iluminó con sus pensamientos
dan wajahnya cerah melihat fikirannya
Ahora ella tenía el tamaño adecuado para la pequeña puerta
sekarang dia adalah saiz yang sesuai untuk pintu kecil itu

Ahora podía entrar en ese hermoso jardín
Sekarang dia boleh pergi ke taman yang indah itu
Pronto dejó de hacerse más pequeña
tidak lama kemudian dia berhenti menjadi lebih kecil
Decidió ir al jardín de inmediato
Dia memutuskan untuk pergi ke taman sekaligus
pero, ¡ay de la pobre Alicia!
tetapi, sayangnya untuk Alice yang malang!
Llegó a la puerta
dia sampai ke pintu
Pero había olvidado la pequeña llave de oro
tetapi dia telah melupakan kunci emas kecil itu
Volvió a la mesa en busca de la llave
Dia kembali ke meja untuk mendapatkan kunci
Pero se dio cuenta de que no podía llegar lo suficientemente alto
tetapi dia mendapati dia tidak dapat mencapai cukup tinggi
Podía ver la llave claramente a través del cristal
dia dapat melihat kunci dengan jelas melalui kaca
Trató de trepar por las patas de la mesa
Dia cuba memanjat kaki meja
Pero el cristal era demasiado resbaladizo
tetapi kaca itu terlalu licin
Con el tiempo se cansó de intentarlo
akhirnya dia letih dengan mencuba
Y la pobre niña se sentó y lloró
dan gadis kecil yang malang itu duduk dan menangis
Alicia se habló a sí misma con bastante brusquedad
Alice bercakap kepada dirinya sendiri dengan agak tajam
"¡Vamos, no sirve de nada llorar así!"
"Ayo, tidak ada gunanya menangis seperti itu!"
"¡Te aconsejo que te detengas ahora mismo!"
"Saya menasihati anda untuk berhenti sebentar ini!"
En general, se daba muy buenos consejos
Dia biasanya memberi nasihat yang sangat baik kepada dirinya sendiri
aunque muy rara vez seguía sus propios consejos

walaupun dia sangat jarang mengikut nasihatnya sendiri
Y a veces era demasiado dura consigo misma
dan kadang-kadang dia terlalu keras terhadap dirinya sendiri
y sus palabras hicieron que se le llenaran los ojos de lágrimas
dan kata-katanya membawa air mata ke matanya
Pronto sus ojos se posaron en una cajita de cristal
Tidak lama kemudian matanya tertuju pada sebuah kotak kaca kecil
La cajita de cristal estaba debajo de la mesa
kotak kaca kecil itu terletak di bawah meja
En la caja de cristal había un pastel muy pequeño
Di dalam kotak kaca terdapat kek yang sangat kecil
En el pastel, algunas palabras estaban bellamente escritas
Pada kek beberapa perkataan ditulis dengan indah
Las palabras habían sido marcadas con grosellas
kata-kata itu telah ditandakan dalam kismis
"CÓMEME"
"MAKAN SAYA"
—Bueno, me comeré el pastel —dijo Alicia—
"Baiklah, saya akan makan kek itu," kata Alice
"y si el pastel me hace crecer, puedo llegar a la llave"
"dan jika kek itu membuatkan saya membesar, saya boleh mencapai kuncinya"
"y si el pastel me hace más pequeño, puedo arrastrarme por debajo de la puerta"
"dan jika kek itu membuatkan saya menjadi lebih kecil, saya boleh merayap di bawah pintu"
"así que de cualquier manera me meteré en el jardín"
"jadi walau apa pun saya akan masuk ke taman"
"¡Y no me importa cuál de los dos suceda!"
"dan saya tidak peduli yang mana antara kedua-duanya berlaku!"
Se comió un pedacito del pastel
Dia makan sedikit kek
Y se habló a sí misma con ansiedad:
dan dia dengan cemas bercakap kepada dirinya sendiri:

—¿De qué manera? ¿Hacia dónde?
"Arah mana? Ke arah mana?"
Y se llevó la mano a la cabeza
dan dia memegang tangannya di atas kepalanya
Quería sentir de qué manera estaba creciendo
dia mahu merasakan ke arah mana dia membesar
Se sorprendió bastante al descubrir lo que había sucedido
dia agak terkejut apabila mengetahui apa yang telah berlaku
¡Había permanecido del mismo tamaño!
dia kekal saiz yang sama!
Así que esta vez redobló sus esfuerzos
jadi kali ini dia menggandakan usahanya
Y pronto terminó todo el pastel
dan tidak lama kemudian dia menghabiskan keseluruhan kek

El charco de lágrimas
Kumpulan Air Mata

-¡Esto se está poniendo cada vez más interesante! -exclamó Alicia-

"Ini semakin menarik!" jerit Alice

Se puede ver que estaba muy sorprendida

Anda boleh lihat dia sangat terkejut

"¡Me estoy abriendo como el telescopio más grande que jamás haya existido!"

"Saya membuka seperti teleskop terbesar yang pernah ada!"

—¡Adiós, pies! ¡Oh, mis pobres piecitos!

"Selamat tinggal, kaki! Oh, kaki kecil saya yang malang"

"Me pregunto quién se pondrá sus zapatos por ustedes ahora, queridos".

"Saya tertanya-tanya siapa yang akan memakai kasut anda untuk anda sekarang, sayang?"

—¿Y me pregunto quién se pondrá las medias?

"dan saya tertanya-tanya siapa yang akan memakai stoking anda?"

"Estaré demasiado lejos"

"Saya akan terlalu jauh"

"No podré preocuparme más por ti"

"Saya tidak akan dapat menyusahkan diri saya tentang awak lagi"

Justo en ese momento su cabeza golpeó contra algo

Tepat pada masa ini kepalanya memukul sesuatu

Había llegado al techo de la sala

dia telah sampai ke bumbung dewan

De hecho, ahora medía más de dos metros de altura

sebenarnya, dia kini lebih daripada dua meter tinggi

Y al instante tomó la pequeña llave de oro

dan dia segera mengambil kunci emas kecil itu

Y se apresuró a llegar a la puerta del jardín

dan dia bergegas ke pintu taman

¡Pobre Alicia! No había mucho que pudiera hacer

Alice yang malang! Tidak banyak yang boleh dia lakukan

Se acostó de lado

dia berbaring di satu sisi
Y miró al jardín con un ojo
dan dia melihat ke dalam taman dengan sebelah mata
Pero salir adelante era más desesperado que nunca
tetapi untuk melaluinya lebih putus asa daripada sebelumnya
Se sentó y comenzó a llorar de nuevo
Dia duduk dan mula menangis lagi
Siguió derramando galones de lágrimas
Dia terus menitikkan gelen air mata
Pronto había un gran estanque a su alrededor
Tidak lama kemudian terdapat kolam besar di sekelilingnya
Y el agua llegaba hasta la mitad del pasillo
dan air sampai separuh jalan ke bawah dewan
Al cabo de un rato, oyó un pequeño golpeteo de pies
Selepas beberapa ketika, dia mendengar sedikit bunyi kaki
Oyó los pasos que venían de lejos
dia mendengar kaki datang dari kejauhan
Y se secó los ojos apresuradamente para ver lo que venía
dan dia tergesa-gesa mengeringkan matanya untuk melihat
apa yang akan berlaku
Era el Conejo Blanco que regresaba
Ia adalah Arnab Putih yang kembali
Iba espléndidamente vestido
dia berpakaian cantik
Tenía un par de guantes blancos en una mano
dia mempunyai sepasang sarung tangan putih di satu tangan
y tenía un gran abanico de plumas en la otra mano
dan dia mempunyai kipas bulu besar di tangan yang lain
Llegó trotando a toda prisa
Dia datang berlari dengan tergesa-gesa
y murmuró para sí: "¡Oh! ¡La duquesa, la duquesa!
dan dia bergumam pada dirinya sendiri, "Oh! Duchess,
Duchess!"
—¡Oh! ¡No será salvaje si la he hecho esperar!
"Oh! bukankah dia akan biadab jika saya membiarkannya
menunggu!"

Cuando el Conejo se acercó a ella, Alicia habló
Apabila Arnab menghampirinya, Alice bercakap
Pero ella hablaba en voz baja y tímida
tetapi dia bercakap dengan suara rendah dan malu-malu
"Señor, por favor, deje de hacer lo que está haciendo por un momento"
"Tuan, tolong hentikan apa yang anda lakukan sebentar"
El Conejo se sobresaltó violentamente
Arnab itu terkejut dengan ganas
Dejó caer los guantes blancos y el abanico de plumas
Dia menjatuhkan sarung tangan putih dan kipas bulu
Y se escabulló en la oscuridad lo más rápido que pudo
dan dia bergegas pergi ke dalam kegelapan secepat yang dia boleh
Alicia recogió el abanico de plumas y los guantes
Alice mengambil kipas bulu dan sarung tangan
Y no paraba de abanicarse mientras seguía hablando
dan dia terus mengipasi dirinya sendiri semasa dia terus bercakap
"¡Querido, querido! ¡Qué extraño es todo hoy!"
"Sayang, sayang! Betapa pelik segala-galanya hari ini!"
"Ayer las cosas siguieron como siempre"
"Semalam keadaan berjalan seperti biasa"
—¿Era yo el mismo cuando me levanté esta mañana?

"Adakah saya sama ketika saya bangun pagi ini?"
"Pero si no soy el mismo, hay otra cuestión"
"Tetapi jika saya tidak sama, ada soalan lain"
"¿Quién demonios soy yo?"
"Siapa saya di dunia ini?"
"¡Ah, ese es el gran rompecabezas!"
"Ah, itu teka-teki yang hebat!"
Al decir esto, se miró las manos
Semasa dia mengatakan ini, dia melihat ke bawah pada tangannya
Llevaba uno de los Conejos, gusanos blancos
Dia memakai salah satu sarung tangan putih kecil arnab
No se había dado cuenta de que se había puesto el guante mientras hablaba
Dia tidak perasan dia memakai sarung tangan semasa bercakap
"¿Cómo pude haber hecho eso?", pensó
"Bagaimana saya boleh melakukannya?" fikirnya
"Debo estar haciéndome pequeño otra vez"
"Saya mesti menjadi kecil lagi"
Se levantó y se acercó a la mesa para medir su altura
Dia bangun dan pergi ke meja untuk mengukur ketinggiannya
Descubrió que ahora medía aproximadamente medio metro de altura
Dia mendapati bahawa dia kini kira-kira setengah meter tinggi
Y ella seguía encogiéndose rápidamente
dan dia masih mengecut dengan cepat
Pronto descubrió cuál era la causa del encogimiento
Dia tidak lama kemudian mengetahui apa punca pengecutan itu
¡El abanico de plumas la estaba haciendo más pequeña de nuevo!
kipas bulu itu menjadikannya lebih kecil lagi!
Y dejó caer el abanico de plumas apresuradamente
dan dia menjatuhkan kipas bulu itu dengan tergesa-gesa
Dejó caer el abanico de plumas justo a tiempo para salvarse

Dia menjatuhkan kipas bulu tepat pada masanya untuk menyelamatkan dirinya

Si se hubiera abanicado por más tiempo, se habría encogido por completo

Sekiranya dia mengipasi dirinya lebih lama lagi, dia akan mengecil sepenuhnya

-¡Ha sido una fuga por los pelos! -dijo Alicia-

"Itu adalah pelarian yang sempit!" kata Alice

Y se asustó mucho ante el cambio repentino

dan dia sangat takut dengan perubahan mendadak itu

pero estaba muy contenta de encontrarse todavía en existencia

tetapi dia sangat gembira mendapati dirinya masih wujud

—¡Y ahora, al jardín!

"Dan sekarang, pergi ke taman!"

Y corrió a toda prisa hacia la puertecita

Dan dia berlari dengan semua kelajuan kembali ke pintu kecil itu

Pero, ¡ay! La puertecita se cerró de nuevo

tetapi, malangnya! pintu kecil itu ditutup semula

Y la pequeña llave de oro volvía a estar sobre la mesa de cristal

dan kunci emas kecil itu terletak di atas meja kaca lagi

"Las cosas están peor que nunca", pensó el pobre niño

"Keadaan lebih teruk daripada sebelumnya," fikir kanak-kanak malang itu

"Nunca antes había sido tan pequeño como esto, ¡nunca!"

"Saya tidak pernah sekecil ini sebelum ini, tidak pernah!"

Al decir estas palabras, su pie resbaló

Semasa dia mengucapkan kata-kata ini, kakinya tergelincir

¡Y en otro momento hubo un gran chapoteo!

dan pada saat lain terdapat percikan yang hebat!

Estaba sumergida en agua salada hasta la barbilla

dia sampai ke dagunya dalam air masin

Su primera idea fue que de alguna manera había caído al mar

Idea pertamanya ialah dia entah bagaimana telah jatuh ke

dalam laut

Sin embargo, pronto se dio cuenta de en qué estaba metida

Walau bagaimanapun, dia tidak lama kemudian menyedari apa yang dia hadapi

Estaba en un charco de lágrimas

dia berada dalam kolam air mata

las lágrimas que había llorado cuando tenía dos metros de altura

air mata yang dia tangiskan ketika dia setinggi dua meter

Justo en ese momento escuchó algo

Sejurus itu dia mendengar sesuatu

Algo chapoteaba en la piscina

ada sesuatu yang terpercik di dalam kolam

El chapoteo venía de un poco más lejos

percikan itu datang dari jarak yang agak jauh

Y se acercó nadando para ver qué era el chapoteo

dan dia berenang lebih dekat untuk melihat apa percikan itu

Pronto vio que era solo un ratoncito

dia segera melihat bahawa itu hanya seekor tikus kecil

El ratoncito también se había metido en el agua

Tikus kecil itu juga telah menyelinap ke dalam air
Alicia pensó para sí misma sobre la situación
Alice berfikir sendiri tentang keadaan itu
—¿Serviría de algo hablar con este ratón?
"Adakah gunanya bercakap dengan tikus ini?"
"Aquí todo está tan al revés"
"Segala-galanya sangat terbalik di sini"
"Creo que es muy probable que este ratón pueda hablar"
"Saya harus fikir kemungkinan besar tikus ini boleh bercakap"
"En cualquier caso, no hay nada de malo en intentarlo"
"Walau apa pun, tidak ada salahnya mencuba"
Así que empezó a tratar de hablar con el ratón
Jadi dia mula cuba bercakap dengan tikus itu
"Oh Ratón, ¿conoces la forma de salir de esta piscina?"
"Oh Tikus, adakah anda tahu jalan keluar dari kolam ini?"
—¡Estoy muy cansado de nadar por aquí, oh ratón!
"Saya sangat bosan berenang di sini, Oh Mouse!"
El ratón la miró con curiosidad
Tikus itu memandangnya agak ingin tahu
El ratón parecía guiñar un ojo con uno de sus ojitos
Tikus itu seolah-olah mengedipkan mata dengan salah satu
mata kecilnya
Pero el ratoncito no dijo nada
tetapi tikus kecil itu tidak berkata apa-apa
"A lo mejor el ratón no entiende inglés", pensó Alicia
"Mungkin tikus itu tidak mengerti bahasa Inggeris," fikir Alice
"Me atrevo a decir que es un ratón francés"
"Saya berani katakan ia tikus Perancis"
"tal vez este ratón vino con Guillermo el Conquistador"
"mungkin tikus ini datang bersama William the Conqueror"
Así que empezó de nuevo, en francés
Jadi dia bermula lagi, dalam bahasa Perancis
"¿Dónde está mi gato?", preguntó en francés
"Di mana kucing saya?" tanya dia dalam bahasa Perancis
era la primera frase de su libro de clases de francés
ia adalah ayat pertama dalam buku pelajaran Perancisnya
El Ratón dio un súbito salto fuera del agua

Tikus itu tiba-tiba melompat keluar dari air
y el ratón pareció temblar de miedo
dan tikus itu seolah-olah menggemetar kerana ketakutan
**-¡Oh, le ruego que me perdone! -exclamó Alicia
apresuradamente-**
"Oh, saya mohon maaf!" jerit Alice tergesa-gesa
Temía haber herido los sentimientos del pobre animal
Dia takut bahawa dia telah menyakiti perasaan haiwan
malang itu
"Olvidé que no te gustaban los gatos"
"Saya agak lupa awak tidak suka kucing"
**—¡No me gustan los gatos! —exclamó el ratón con voz
estridente y apasionada—**
"Saya tidak suka kucing!" jerit Tikus dengan suara yang
melengking dan bersemangat
—¿Te gustaría tener gatos, si fueras yo?
"Adakah anda mahu kucing, jika anda saya?"
Alicia consoló al ratón en un tono tranquilizador
Alice menghiburkan tetikus itu dengan nada yang
menenangkan
**"Bueno, tal vez a mí tampoco me gustarían los gatos si fuera
tú"**
"Baiklah, mungkin saya tidak akan suka kucing jika saya jadi
awak juga"
"Por favor, no te enfades por la mención de los gatos"
"Tolong jangan marah dengan sebutan kucing"
**"Y, sin embargo, desearía poder mostrarte a nuestra gata
Dinah"**
"Namun saya harap saya boleh menunjukkan kepada anda
kucing kami Dinah"
"Si la conocieras, creo que te encapricharías de los gatos"
"jika anda bertemu dengannya, saya rasa anda akan menyukai
kucing"
"Si tan solo pudieras verla"
"Jika anda hanya boleh melihatnya"
"Es una cosa tan querida y tranquila"
"Dia adalah perkara yang sangat sayang dan pendiam"

El ratón temblaba por todas partes
Tikus itu menggeletar di seluruh badan
Alicia estaba segura de que el ratón debía de estar realmente ofendido
Alice berasa pasti tetikus itu mesti benar-benar tersinggung
"No hablaremos más de ella, si prefieres no hacerlo"
"Kami tidak akan bercakap tentang dia lagi, jika anda lebih suka tidak"
-¡Nosotros, en efecto! -exclamó el Ratón-
"Kami, sememangnya!" jerit Tikus
El ratón temblaba hasta la punta de la cola
Tikus itu menggeletar ke hujung ekornya
—¡Como si fuera a hablar de un tema así!
"Seolah-olah saya akan bercakap mengenai subjek sedemikian!"
"Nuestra familia siempre odió a los gatos"
"Keluarga kami sentiasa membenci kucing"
"Gatos; ¡Cosas desagradables, bajas, vulgares!"
"kucing; Perkara yang jahat, rendah, kesat!"
"¡No dejes que vuelva a escuchar el nombre!"
"Jangan biarkan saya mendengar nama itu lagi!"
-¡No volveré a hablar de los gatos! -dijo Alicia-
"Saya tidak akan menyebut kucing lagi!" kata Alice
Tenía mucha prisa por cambiar de tema
dia sangat tergesa-gesa untuk menukar subjek
"¿Eres tú... ¿Te gustan los perros?
"Adakah awak... adakah anda suka anjing?"
"Hay un perrito tan simpático cerca de nuestra casa"
"Terdapat seekor anjing kecil yang bagus berhampiran rumah kami,"
—¡Me gustaría enseñarte el perrito!
"Saya ingin menunjukkan kepada anda anjing kecil itu!"
"Este perrito mata a todas las ratas y...
"Anjing kecil ini membunuh semua tikus dan..."
-¡Oh, querida! -exclamó Alicia en tono triste-
"Oh, sayang!" jerit Alice dengan nada sedih
"¡Me temo que te he ofendido de nuevo!"

"Saya takut saya telah menyinggung perasaan awak lagi!"
El ratón se alejaba nadando de ella tan rápido como podía
Tikus itu berenang menjauhinya secepat yang boleh
y el ratón hizo un gran alboroto en la piscina
dan tikus itu membuat kekecohan di dalam kolam
Así que llamó suavemente al ratón
Oleh itu, dia memanggil dengan lembut selepas tetikus itu
"¡Mi querido ratón, por favor vuelve!"
"Tikus sayangku, sila kembali!"
"Y no hablaremos de gatos"
"Dan kita tidak akan bercakap tentang kucing"
"Y tampoco tenemos que hablar de perros"
"Dan kita juga tidak perlu bercakap tentang anjing"
Cuando el ratón escuchó esto, se dio la vuelta
Apabila tetikus mendengar ini, ia berpaling
Y el ratoncito nadó lentamente de regreso a ella
dan tikus kecil itu berenang perlahan-lahan kembali
kepadanya
La cara del ratón estaba bastante pálida
Muka tikus itu agak pucat
Y el ratón habló, en voz baja y temblorosa
dan tikus itu bercakap, dengan suara rendah dan gemetar
"Vamos a la orilla"
"Mari kita pergi ke pantai"
"y luego te contaré mi historia"
"dan kemudian saya akan memberitahu anda sejarah saya"
"y entenderás por qué odio a los gatos y a los perros"
"dan anda akan faham mengapa saya benci kucing dan anjing"
Ya era hora de partir
Sudah tiba masanya untuk pergi
porque la piscina se estaba llenando bastante
kerana kolam itu semakin sesak
Otros pájaros y animales habían caído en el estanque
burung dan haiwan lain telah jatuh ke dalam kolam
había un pato y un dodo
terdapat Itik dan Dodo
y había un pájaro lori y un aguilucho

dan terdapat seekor burung Lory dan seekor Eaglet
Y había varias otras criaturas de aspecto interesante
dan terdapat beberapa makhluk lain yang kelihatan menarik
Alicia abrió el camino para salir de la piscina
Alice mengetuai jalan keluar dari kolam
Y todo el grupo de animales nadó hasta la orilla
dan seluruh kumpulan haiwan berenang ke pantai

Una carrera de caucus y una larga cola
Perlumbaan kaukus dan ekor panjang

De hecho, eran un grupo de animales de aspecto gracioso
Mereka sememangnya sekumpulan haiwan yang kelihatan lucu
Y todos se reunieron a la orilla del agua
dan mereka semua berkumpul di tebing air
Todos los pájaros tenían las plumas desaliñadas
Burung-burung itu semua mempunyai bulu yang diseret
y los animales peludos estaban empapados
dan haiwan berbulu itu basah kuyup
y todos estaban empapados, molestos e incómodos
dan semua menitis basah, jengkel dan tidak selesa

Había una pregunta que había que responder primero
Terdapat satu soalan yang perlu dijawab terlebih dahulu
¿Cuál es la mejor manera de que todos se sequen?
Apakah cara terbaik untuk semua orang kering?
Tuvieron una consulta sobre este asunto
Mereka telah berunding mengenai perkara ini
Pronto todos se sintieron en términos familiares
tidak lama kemudian mereka semua berada dalam istilah yang biasa
Era como si los conociera de toda la vida
seolah-olah dia telah mengenali mereka sepanjang hidupnya
El ratón parecía ser una persona de cierta autoridad

- 25 -

Tikus itu nampaknya seorang yang mempunyai kuasa tertentu
"¡Siéntense todos y escúchenme!
"Duduklah, anda semua, dan dengar saya!
"¡Pronto los volveré a secar!"
"Saya akan membuat anda semua kering lagi!"
Se sentaron todos a la vez, en un gran círculo
Mereka semua duduk serentak, dalam gelanggang besar
y el ratoncito se sentó en el medio
dan tikus kecil itu duduk di tengah
—¡Ejem! —dijo el ratón con aire importante—
"Ahem!" kata tikus itu dengan udara penting
"¿Están todos listos?"
"Adakah anda semua bersedia?"
"Esto es lo más seco que conozco"
"Ini adalah perkara paling kering yang saya tahu"
—¡Silencio por todas partes, por favor!
"Diam di sekeliling, jika anda suka!"
"Guillermo el Conquistador fue favorecido por el Papa"
"William the Conqueror telah disukai oleh paus"
"pero pronto fue sometido por los ingleses"
"tetapi dia tidak lama kemudian diserahkan kepada orang Inggeris"
"Últimamente querían líderes"
"Mereka mahukan pemimpin akhir-akhir ini"
"Y se habían acostumbrado al poder y a la conquista"
"dan mereka telah terbiasa dengan kuasa dan penaklukan"
"Edwin y Morcar, los condes de Mercia y Northumbria"
"Edwin dan Morcar, Earl Mercia dan Northumbria"
—¡Uf! —exclamó el pájaro lori con un escalofrío—
"Ugh!" kata burung lori itu, dengan menggigil
"e incluso Stigand, el patriota arzobispo de Canterbury"
"dan juga Stigand, uskup agung patriotik Canterbury"
"A él también le pareció aconsejable"
"Dia juga mendapati ia dinasihatkan"
-¿Qué le pareció aconsejable? -dijo el pato-
"Apa yang dia dapati dinasihatkan?" kata itik itu

—Le pareció aconsejable —replicó el ratón con cierto enfado—

"Dia mendapati ia dinasihatkan," jawab tikus itu agak bersilang

Pero el pato no estaba satisfecho

Tetapi itik itu tidak berpuas hati

"Por supuesto, ya sabes lo que significa"

"Sudah tentu, anda tahu apa maksud 'itu'"

—Sé lo que es cuando encuentro una cosa —dijo el pato—

"Saya tahu apa itu 'itu' apabila saya menemui sesuatu," kata itik itu

"Generalmente es una rana o un gusano"

"Ia biasanya katak atau cacing"

"La pregunta es, ¿qué encontró el arzobispo?"

"Persoalannya ialah, apa yang ditemui oleh uskup agung?"

El ratón no se dio cuenta de esta pregunta

Tetikus tidak menyedari soalan ini

En cambio, el ratón continuó apresuradamente con el discurso

sebaliknya, tikus itu tergesa-gesa meneruskan ucapan itu

"le pareció aconsejable ir con Edgar Atheling"

"dia mendapati dinasihatkan untuk pergi dengan Edgar Atheling"

"para encontrarme con Guillermo y ofrecerle la corona"

"untuk bertemu William dan menawarkan mahkota kepadanya"

el ratón continuó, volviéndose hacia Alicia mientras hablaba

tetikus itu meneruskan, berpaling kepada Alice semasa ia bercakap

—¿Cómo te va ahora, querida?

"Bagaimana khabar awak sekarang, sayangku?"

—Tan mojado como siempre —dijo Alicia en tono melancólico—

"Basah seperti biasa," kata Alice dengan nada sedih

"Esta historia no parece que me seque en absoluto"

"Cerita ini nampaknya tidak mengeringkan saya sama sekali"

—En ese caso —dijo solemnemente el dodo, poniéndose en

pie—

"Dalam kes itu," kata dodo itu dengan sungguh-sungguh, bangkit berdiri.

"Voto que se levante la sesión"

"Saya mengundi bahawa mesyuarat itu ditangguhkan"

"y propongo la adopción inmediata de remedios más enérgicos"

"dan saya mencadangkan penggunaan segera ubat-ubatan yang lebih bertenaga"

—**¡Di palabras de verdad!** —dijo el aguilucho—

"Ucapkan kata-kata sebenar!" kata helang itu

"No conozco el significado de la mitad de esas palabras largas"

"Saya tidak tahu maksud separuh daripada kata-kata panjang itu"

—**¡Y, lo que es más, tampoco creo que tú lo sepas!**

"dan, lebih-lebih lagi, saya tidak percaya anda juga tahu!"

—**Lo que iba a decir** —dijo el dodo en tono ofendido—

"Apa yang akan saya katakan," kata dodo itu dengan nada tersinggung

"Lo mejor para deshacernos sería una contienda electoral"

"Perkara terbaik untuk mengeringkan kita ialah perlumbaan kaukus"

—**¿Qué es una contienda electoral?** —preguntó Alicia

"Apa itu perlumbaan kaukus?" kata Alice

—Bueno —dijo el dodo—, la mejor manera de explicarlo es hacerlo.

"Baiklah," kata dodo, "cara terbaik untuk menjelaskannya ialah melakukannya"

"Primero el dodo trazó un hipódromo"

"Mula-mula dodo menandakan padang perlumbaan"

"La pista estaba en una especie de círculo"

"Trek itu berada dalam sejenis bulatan"

"Y luego todo el grupo se colocó a lo largo del recorrido"

"dan kemudian semua parti diletakkan di sepanjang laluan"

No hubo "¡Uno, dos, tres y fuera!"

Tiada "Satu, dua, tiga dan jauh!"

pero empezaron a correr cuando quisieron

tetapi mereka mula berlari apabila mereka suka

Y también terminaban cuando querían

dan mereka juga selesai apabila mereka suka

Así que no era fácil saber cuándo había terminado la carrera

Jadi tidak mudah untuk mengetahui bila perlumbaan berakhir

Después de media hora más o menos de correr, todos estaban bastante secos

Selepas setengah jam atau lebih berlari, mereka semua agak kering

el dodo gritó de repente: "¡La carrera ha terminado!"

dodo tiba-tiba memanggil, "Perlumbaan telah berakhir!"

Y todos se agolparon alrededor del dodo

dan mereka semua bersesak di sekeliling dodo

Todos los animales jadeaban y resoplaban

semua haiwan tercungap-cungap dan terengah-engah

y todos querían saber: "¿Pero quién ha ganado?"

dan mereka semua ingin tahu, "Tetapi siapa yang menang?"

El dodo no pudo responder de inmediato a esta pregunta

Soalan ini dodo tidak dapat segera menjawab

Primero tuvo que pensar mucho

Mula-mula dia terpaksa melakukan banyak pemikiran

Después de pensarlo mucho, el Dodo finalmente habló

Selepas banyak berfikir, Dodo akhirnya bercakap

"Todos han ganado y todos deben tener premios"

"Semua orang telah menang, dan semua mesti mempunyai hadiah"
"¿Pero quién va a dar los premios?", preguntó un coro de voces
"Tetapi siapa yang akan memberikan hadiah?" tanya korus suara
— Bueno, ella, por supuesto — dijo el dodo —
"Baiklah, dia, tentu saja," kata dodo
y el dodo señaló con un dedo a Alicia
dan dodo itu menunjuk dengan satu jari kepada Alice
y todo el grupo de animales se agolpó a su alrededor
dan seluruh kumpulan haiwan berkerumun di sekelilingnya
gritaron, de manera confusa: "¡Premios! ¡Premios!"
mereka memanggil, dengan cara yang keliru, "Hadiah! Hadiah!"
Alicia no tenía ni idea de qué hacer
Alice tidak tahu apa yang perlu dilakukan
Desesperada, se metió la mano en el bolsillo
dalam keputusasaan dia memasukkan tangannya ke dalam poketnya
Y sacó una caja de dulces
dan dia mengeluarkan sekotak gula-gula
Por suerte, el agua salada no había entrado en la caja
nasib baik air masin tidak masuk ke dalam kotak
Y repartió los dulces como premios
dan dia menyerahkan gula-gula itu sebagai hadiah
Había exactamente una pieza para todos
Terdapat betul-betul satu bahagian untuk semua orang
Lo siguiente que tenían que hacer era comer los dulces
Perkara seterusnya yang perlu mereka lakukan ialah makan gula-gula
Esto causó algo de ruido y confusión
Ini menyebabkan sedikit bunyi bising dan kekeliruan
Los grandes pájaros se quejaban de que no podían saborear sus dulces
burung-burung besar mengadu bahawa mereka tidak dapat merasai gula-gula mereka

Los pequeños se ahogaron y hubo que darles palmaditas en la espalda
yang kecil tercekik dan terpaksa ditepuk di belakang
Sin embargo, al fin se acabó
Walau bagaimanapun, ia akhirnya berakhir
y se sentaron de nuevo en un anillo
dan mereka duduk semula dalam gelanggang
Y le rogaron al ratón que les dijera algo más
dan mereka merayu tikus untuk memberitahu mereka sesuatu yang lebih
—Prometiste contarme tu historia, ¿sabes? —dijo Alicia—
"Anda berjanji untuk memberitahu saya sejarah anda, anda tahu," kata Alice
E hizo otro pequeño comentario sobre los gatos en un susurro
dan dia membuat satu lagi kenyataan kecil tentang kucing dalam bisikan
No quería volver a ofender al ratón
dia tidak mahu menyinggung perasaan tetikus itu lagi
el ratoncito se volvió hacia Alicia y suspiró
tikus kecil itu berpaling kepada Alice dan menghela nafas
—¡La mía es una larga y triste historia!
"Kisah saya adalah kisah yang panjang dan menyedihkan!"
—Es una cola larga, sin duda —dijo Alicia—
"Ia adalah ekor yang panjang, pasti," kata Alice
Y miró con asombro la cola del ratón
dan dia melihat ke bawah dengan tertanya-tanya pada ekor tikus itu
—¿Pero por qué le llamas cola triste?
"Tetapi mengapa anda memanggilnya ekor sedih?"
Y ella seguía desconcertada al respecto mientras el ratón hablaba
Dan dia terus membingungkan mengenainya semasa tikus itu bercakap
de modo que su idea del cuento era más o menos así
supaya ideanya tentang kisah itu adalah seperti ini

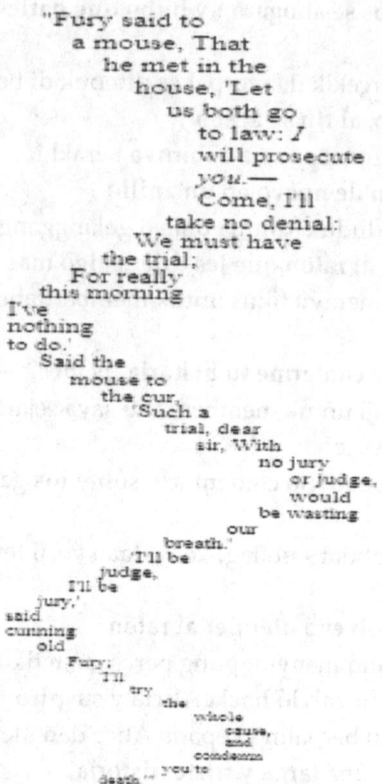

Furia le dijo a un ratón: "Que se encontró en la casa"

Fury berkata kepada seekor tikus, Bahawa dia bertemu di dalam rumah"

Vayamos los dos a la ley: yo te procesaré

Marilah kita berdua pergi ke undang-undang: Saya akan mendakwa anda

Vamos, no aceptaré ninguna negación: debemos tener el juicio

Datanglah, saya tidak akan menafikan: Kita mesti mempunyai perbicaraan

Porque realmente esta mañana no tengo nada que hacer

Untuk benar-benar pagi ini saya tiada apa-apa untuk dilakukan

Dijo el ratón al cur;

Kata tikus kepada kurir;

Un juicio así, querido señor, sin jurado ni juez, sería una pérdida de aliento

Perbicaraan seperti itu, tuan yang dihormati, Tanpa juri atau hakim, akan membazirkan nafas kita

—Seré juez, seré jurado —dijo el astuto viejo Fury—

"Saya akan menjadi hakim, saya akan menjadi juri," kata Fury tua yang licik

Juzgaré toda la causa y te condenaré a muerte

Saya akan mencuba keseluruhan perjuangan, dan mengutuk anda hingga mati

el ratón le habló severamente a Alicia

tikus itu bercakap dengan keras kepada Alice

"¡No estás prestando atención!"

"Anda tidak memberi perhatian!"

—¿En qué estás pensando?

"Apa yang kamu fikirkan?"

—Le ruego que me perdone —dijo Alicia muy humildemente—

"Saya mohon maaf," kata Alice dengan rendah hati

— ¿Habías llegado a la quinta curva, creo?

"Anda telah sampai ke selekoh kelima, saya rasa?"

"¡Me insultas diciendo tales tonterías!"

"Awak menghina saya dengan bercakap omong kosong seperti itu!"

Y el ratón se levantó y se alejó

dan tikus itu bangun dan berjalan pergi

Alicia llamó al ratoncito

Alice memanggil tikus kecil itu

"¡Por favor, regresa y termina tu historia!"

"Sila kembali dan selesaikan cerita anda!"

Y todos los demás se unieron a coro

Dan yang lain semua menyertai korus

"¡Sí, por favor, termine su historia!"

"Ya, tolong selesaikan cerita anda!"

Pero el ratón se limitó a negar con la cabeza con impaciencia

Tetapi tikus itu hanya menggelengkan kepalanya dengan tidak sabar

Y el ratoncito caminó un poco más rápido
dan tikus kecil itu berjalan sedikit lebih pantas
—¡Ojalá tuviera aquí a Dinah, nuestra gata! —dijo Alicia—
"Saya harap saya mempunyai Dinah, kucing kami, di sini!"
kata Alice
Esto causó una notable sensación entre el grupo
Ini menyebabkan sensasi yang luar biasa di kalangan parti
Algunos de los pájaros se apresuraron a huir de inmediato
Beberapa burung bergegas pergi sekaligus
y un canario gritó con voz temblorosa a sus hijos;
dan seekor Canary memanggil dengan suara gemetar, kepada
anak-anaknya;
—¡Váyanse, queridos míos!
"Pergilah, sayangku!"
"¡Ya es hora de que estén todos en la cama!"
"Sudah tiba masanya anda semua berada di atas katil!"
Con varias excusas se fueron todos
Dengan pelbagai alasan mereka semua pergi
y Alicia no tardó en quedarse sola
dan Alice tidak lama kemudian ditinggalkan bersendirian
—¡Ojalá no hubiera mencionado a Dinah!
"Saya harap saya tidak menyebut Dinah!"
"Parece que a nadie le gusta aquí abajo"
"Tiada siapa yang nampaknya menyukainya di sini"
—¡Pero estoy seguro de que es la mejor gata del mundo!
"tetapi saya pasti dia kucing terbaik di dunia!"
La pobre Alicia se echó a llorar de nuevo
Alice yang malang mula menangis lagi
porque se sentía muy sola y desanimada
kerana dia berasa sangat kesepian dan rendah semangat
Al cabo de un rato, sin embargo, volvió a oír algo
Walau bagaimanapun, dalam beberapa ketika, dia sekali lagi
mendengar sesuatu
un pequeño golpeteo de pasos a lo lejos
sedikit bunyi langkah kaki di kejauhan
Y ella miró hacia arriba ansiosamente
dan dia mendongak dengan penuh semangat

El conejo manda al pequeño Sr. Bill
Arnab menghantar Encik Bill kecil

Era el conejo blanco, que volvía trotando lentamente
Ia adalah arnab putih, berlari perlahan-lahan kembali lagi
Miraba a su alrededor ansiosamente mientras se alejaba
dia melihat sekeliling dengan cemas semasa dia pergi
Parecía como si hubiera perdido algo
dia kelihatan seolah-olah dia telah kehilangan sesuatu
Alicia le oyó murmurar para sí misma
Alice mendengar dia bergumam pada dirinya sendiri
—¡La duquesa! ¡La duquesa! ¡Oh, mis queridas patas!
"Duchess! The Duchess! Oh, kaki sayangku!"
—¡Oh, mi pelo y mis bigotes!
"Oh, bulu dan misai saya!"
"Ella hará que me ejecuten, estoy seguro de eso"
"Dia akan membunuh saya, saya pasti akan itu"
—¡Tan cierto como que los hurones son hurones!
"Sama pasti musang adalah musang!"
"¿Dónde puedo haber dejado mis cosas, me pregunto?"
"Di mana saya boleh menjatuhkan barang-barang saya, saya
tertanya-tanya?"

Alicia adivinó en un momento lo que estaba buscando
Alice meneka dalam sekejap apa yang dia cari
Buscaba el abanico de plumas
Dia sedang mencari kipas bulu
Y buscaba el par de guantes blancos
dan dia sedang mencari sepasang sarung tangan putih itu
Así que ella, muy bondadosamente, comenzó a buscar los guantes
jadi dia dengan baik hati mula mencari sarung tangan itu
Y también buscó el abanico de plumas
dan dia juga mencari kipas bulu itu
Pero los guantes y el abanico de plumas no se veían por ninguna parte
tetapi sarung tangan dan kipas bulu tidak dapat dilihat
Todo parecía haber cambiado desde que se bañó en la piscina
segala-galanya nampaknya telah berubah sejak dia berenang di kolam renang
Nada era igual desde que estaba en el Gran Salón
Tiada apa yang sama sejak dia berada di dewan besar
y la mesa de cristal había desaparecido
dan meja kaca telah lenyap
Y la puertecita tampoco estaba allí
dan pintu kecil itu juga tidak ada di sana
Muy pronto el conejo se fijó en Alicia
Tidak lama kemudian arnab itu menyedari Alice
—la llamó en tono airado
Dia memanggilnya dengan nada marah
—Mary Ann, ¿qué haces aquí?
"Mary Ann, apa yang kamu lakukan di sini?"
"Corre a casa en este momento"
"Lari pulang kali ini"
—¡Y tráeme un par de guantes y un abanico de plumas!
"Dan ambilkan saya sepasang sarung tangan dan kipas bulu!"
—¡Y date prisa!
"Dan cepat mengenainya!"
Alicia se habló a sí misma mientras salía corriendo

Alice bercakap kepada dirinya sendiri semasa dia melarikan diri

—¡Debe de haberme confundido con su criada!

"Dia pasti tersilap saya sebagai pembantu rumahnya!"

"¡Qué sorpresa se quedará cuando se entere de quién soy!"

"Betapa terkejutnya dia apabila dia mengetahui siapa saya!"

Al decir esto, se encontró con una casita pulcra

Semasa dia mengatakan ini, dia terjumpa sebuah rumah kecil yang kemas

En la puerta de la casa había una placa de bronce brillante

Di pintu rumah itu terdapat plat tembaga terang

"W. CONEJO"

"W. ARNAB"

Entró sin llamar a la puerta

Dia masuk tanpa mengetuk pintu

Y se apresuró a subir las escaleras

dan dia bergegas terus ke tingkat atas

le preocupaba conocer a la verdadera Mary Ann

dia bimbang bahawa dia mungkin bertemu dengan Mary Ann yang sebenar

porque entonces la echarían de la casa

kerana kemudian dia akan dihalau keluar dari rumah

Y no sería capaz de encontrar el abanico de plumas y los guantes

dan dia tidak akan dapat mencari kipas bulu dan sarung tangan

Alicia había encontrado el camino hacia una pequeña habitación ordenada

Alice telah menemui jalan masuk ke dalam bilik kecil yang kemas

En la habitación había una mesa junto a la ventana

di dalam bilik itu terdapat meja di tepi tingkap

y sobre la mesa había un abanico de plumas

dan di atas meja terdapat kipas bulu

Y había dos o tres pares de diminutos guantes blancos

dan terdapat dua atau tiga pasang sarung tangan putih kecil

Cogió el abanico de plumas y un par de guantes

Dia mengambil kipas bulu dan sepasang sarung tangan
Y estaba a punto de salir de la habitación
dan dia baru sahaja hendak meninggalkan bilik
Pero entonces sus ojos se posaron en una botellita
tetapi kemudian matanya tertuju pada botol kecil
Descorchó la botella y se la llevó a los labios
Dia membuka tutup botol dan meletakkannya di bibirnya
"Espero que me haga crecer de nuevo"
"Saya harap ia akan membuatkan saya membesar semula"
"¡Estoy cansada de ser una cosita tan pequeña!"
"Saya bosan menjadi perkara kecil seperti itu!"
Alicia apenas se había bebido la mitad de la botella
Alice hampir tidak minum separuh botol
Su cabeza ya estaba presionada contra el techo
kepalanya sudah menekan siling
Y tuvo que agacharse
dan dia terpaksa membungkuk
para salvar su cuello de ser roto
untuk menyelamatkan lehernya daripada patah
Dejó apresuradamente la botella
Dia tergesa-gesa meletakkan botol itu
"Con eso basta"
"Itu sudah cukup"
"Espero no crecer más"
"Saya harap saya tidak membesar lagi"
¡Ay! ¡Era demasiado tarde para desearlo!
Malangnya! Sudah terlambat untuk mengharapkan itu!
Ella siguió creciendo y creciendo
Dia terus berkembang dan berkembang
y muy pronto tuvo que arrodillarse en el suelo
dan tidak lama kemudian dia terpaksa berlutut di atas lantai
Y aun así siguió creciendo
dan walaupun itu dia terus berkembang
Como último recurso, sacó un brazo por la ventana
sebagai sumber terakhir dia meletakkan satu tangan di luar
tingkap
Y metió un pie por la chimenea

dan dia meletakkan satu kaki di atas cerobong
"Ahora no puedo hacer más, pase lo que pase"
"Sekarang saya tidak boleh berbuat apa-apa lagi, apa sahaja
yang berlaku"
—¿Qué será de mí?
"Apa yang akan berlaku kepada saya?"

Alicia tuvo un poco de suerte
Alice mempunyai tempat yang bernasib baik
La pequeña botella mágica había tenido todo su efecto
botol ajaib kecil itu mempunyai kesan penuhnya
y Alicia no creció más de lo que era
dan Alice membesar tidak lebih besar daripada dia
Al cabo de unos minutos oyó una voz en el exterior
Selepas beberapa minit dia mendengar suara di luar
Y se detuvo a escuchar la voz
dan dia berhenti untuk mendengar suara itu
—¡María Ana! ¡Mary Ann! -dijo la voz-
"Mary Ann! Mary Ann!" kata suara itu
"¡Tráeme mis guantes en este momento!"
"Ambil saya sarung tangan saya saat ini!"
Luego se oyó un pequeño golpeteo de pies en la escalera
Kemudian terdengar sedikit bunyi kaki di tangga

Alicia supo que era el conejo que venía a buscarla
Alice tahu itu adalah arnab yang datang untuk mencarinya
Y tembló hasta hacer temblar la casa
dan dia gemetar sehingga dia menggegarkan rumah
Se olvidó por completo de sus proporciones
dia agak lupa apa perkadarannya
Era mil veces más grande que el conejo
dia seribu kali lebih besar daripada arnab
Y no tenía por qué temer a un conejo
dan dia tidak mempunyai sebab untuk takut kepada arnab
De pronto, el conejo se acercó a la puerta
Tidak lama kemudian arnab itu datang ke pintu
Y el conejito trató de abrir la puerta
dan arnab kecil itu cuba membuka pintu
La puerta comenzó a abrirse hacia adentro
pintu mula terbuka ke dalam
pero el codo de Alicia estaba apretado con fuerza contra la puerta
tetapi siku Alice ditekan kuat pada pintu
Ese intento resultó un fracaso
percubaan itu terbukti gagal
Alicia oyó que el conejo se hablaba a sí mismo
Alice mendengar arnab itu bercakap kepada dirinya sendiri
"Entonces daré la vuelta y entraré por la ventana"
"Kalau begitu saya akan berkeliling dan masuk melalui tingkap"
«¡Que no lo harás!», pensó Alicia
"Bahawa anda tidak akan!" fikir Alice
Y volvió a esperar un poco
dan dia menunggu sebentar lagi
Pronto oyó al conejo justo debajo de la ventana
Tidak lama kemudian dia mendengar arnab itu tepat di bawah tingkap
De repente extendió la mano
dia tiba-tiba menghulurkan tangannya
Y ella hizo un arrebato en el aire
dan dia membuat ragut di udara

No se apoderó de nada
Dia tidak mendapat apa-apa
Pero oyó un pequeño alarido y una caída
tetapi dia mendengar sedikit jeritan dan jatuh
Y oyó el estrépito de cristales rotos
dan dia mendengar bunyi pecahan kaca
Tal vez el conejo se había caído
mungkin arnab itu telah jatuh
Tal vez estaba en un invernadero
mungkin dia berada di rumah hijau
Luego se oyó una voz airada; La voz del conejo
Seterusnya datang suara marah; Suara arnab
"Pat, ¿dónde estás?"
"Pat, awak di mana?"
Y entonces llegó una voz que nunca antes había oído
Dan kemudian terdengar suara yang tidak pernah dia dengar
sebelum ini
"¡Su señoría, estoy aquí!"
"Yang Berhormat, saya di sini!"
"Estoy cavando en busca de manzanas"
"Saya sedang menggali epal"
"¡Aquí! ¡Ven y ayúdame a salir de esto!"
"Di sini! Datang dan bantu saya daripada ini!"
—Ahora dime, Pat, ¿qué es eso que hay en la ventana?
"Sekarang beritahu saya, Pat, apa yang ada di tingkap?"
"Claro, su señoría, se lo diré"
"Sudah tentu, Yang Berhormat, saya akan memberitahu anda"
"¡Es un brazo que está en la ventana!"
"Ia adalah lengan yang ada di tingkap!"
"Bueno, un brazo no tiene nada que hacer allí"
"Baiklah, lengan tidak mempunyai urusan di sana"
"¡Ve y quítate el brazo!"
"Pergi dan ambil lengan itu!"
Hubo un largo silencio después de esto
Terdapat kesunyian yang lama selepas ini
y Alicia sólo podía oír susurros de vez en cuando
dan Alice hanya dapat mendengar bisikan sekali-sekala

Y, por fin, volvió a extender la mano
dan akhirnya dia menghulurkan tangannya lagi
Y ella hizo otro arrebato en el aire
dan dia membuat satu lagi ragut di udara
Esta vez hubo dos pequeños chillidos
Kali ini terdapat dua jeritan kecil
y se escucharon más sonidos de vidrios rotos
dan terdapat lebih banyak bunyi kaca pecah
«¡Me pregunto qué harán ahora!», pensó Alicia
"Saya tertanya-tanya apa yang akan mereka lakukan
seterusnya!" fikir Alice
"Ojalá me sacaran por la ventana"
"Saya harap mereka akan menarik saya keluar tingkap"
Esperó un buen rato
Dia menunggu beberapa lama
Pero durante un rato no oyó nada más
tetapi untuk seketika dia tidak mendengar apa-apa lagi
Por fin se oyó el estruendo de unas ruedas
Akhirnya terdengar gemuruh roda kecil
Y se oyó el sonido de muchas voces
dan terdengar bunyi banyak suara yang baik
Todas las voces hablaban al unísono
Semua suara bercakap bersama
Pudo distinguir algunas de las palabras
Dia boleh memahami beberapa perkataan
—¿Dónde está la otra escalera?
"Di mana tangga yang lain?"
"Bill tiene la otra escalera"
"Bill mempunyai tangga yang lain"
"¡Bill, ven aquí!"
"Bill, datang ke sini!"
—¿Soportará el techo la carga?
"Adakah bumbung akan menanggung beban?"
—¿Quién quiere bajar por la chimenea?
"Siapa yang mahu turun ke cerobong?"
—¡No, no lo haré! ¡Tú lo haces!"
"Tidak, saya tidak akan! Anda berjaya!"

—¡Aquí, Bill!

"Ini, Bill!"

"¡El maestro dice que tienes que bajar por la chimenea!"

"Tuan mengatakan anda perlu turun ke cerobong!"

Alicia arrastró el pie por la chimenea todo lo que pudo

Alice menarik kakinya sejauh yang dia boleh ke bawah cerobong

Y luego esperó a ver lo que venía

dan kemudian dia menunggu untuk melihat apa yang akan berlaku

Escuchó a un animalito arañar y revolver

dia mendengar seekor haiwan kecil menggaru dan berebut

El animalito debe estar en la chimenea

haiwan kecil itu mesti berada di dalam cerobong

Luego dio una fuerte patada

Kemudian dia memberikan satu tendangan tajam

Y esperó a ver qué pasaría después

dan dia menunggu untuk melihat apa yang akan berlaku seterusnya

Oyó un coro general de voces

dia mendengar paduan suara umum

"¡Ahí va Bill!", dijeron todos

"Ada Bill!" kata mereka semua

Entonces oyó solo la voz del conejo

Kemudian dia mendengar suara arnab itu sahaja

"¡Tú por el seto, atrápalo!"

"Kamu di pagar, tangkap dia!"

Hubo otro momento de silencio

Terdapat satu lagi keheningan

Y entonces hubo otra confusión de voces

dan kemudian terdapat satu lagi kekeliruan suara

"Levanta la cabeza, Brandy"

"Angkat kepalanya, Brandy"

"Ten cuidado de no asfixiarlo"

"Berhati-hati agar tidak mencekiknya"

—¿Qué te pasó?

"Apa yang berlaku kepada awak?"

Por último, llegó una vocecita débil y chillona
Terakhir datang suara yang sedikit lemah dan mencicit
"Bueno, ya casi no sé"
"Baiklah, saya hampir tidak tahu lagi"
"Gracias a todos, ahora estoy mejor"
"Terima kasih semua, saya lebih baik sekarang"
"Hay una cosa que puedo recordar"
"ada satu perkara yang saya boleh ingat"
"Algo viene hacia mí como un tren en un túnel"
"Sesuatu datang kepada saya seperti kereta api di dalam
terowong"
"¡Y vuelo hacia arriba como un cohete!"
"dan ke atas saya terbang seperti roket langit!"
Hubo uno o dos minutos de silencio
Terdapat satu atau dua minit kesunyian
Y entonces empezaron a moverse de nuevo
dan kemudian mereka mula bergerak semula
y Alicia oyó hablar de nuevo al Conejo
dan Alice mendengar Arnab bercakap lagi
"Un túmulo servirá, para empezar"
"Seorang barrowful akan berjaya, sebagai permulaan"
«¿Un túmulo lleno de qué?», pensó Alicia
"Satu barrowful dari apa?" fikir Alice
Pero no la mantuvieron en suspenso por mucho tiempo
Tetapi dia tidak disimpan dalam ketegangan untuk masa yang
lama
Una lluvia de guijarros entró por la ventana
hujan kerikil kecil datang melalui tingkap
Y algunas de las piedrecitas le golpearon en la cara
dan beberapa kerikil kecil memukul mukanya
Alicia se sorprendió por los guijarros
Alice terkejut dengan kerikil kecil itu
Todos los guijarros se estaban convirtiendo en pasteles
semua kerikil kecil bertukar menjadi kek
Y una idea brillante se le ocurrió
dan idea cemerlang muncul di kepalanya
"Debería comerme uno de estos pasteles"

"Saya patut makan salah satu daripada kek ini"
"El pastel seguramente hará algún cambio en mi tamaño"
"kek pasti membuat sedikit perubahan dalam saiz saya"
Así que se tragó uno de los pasteles
Jadi dia menelan salah satu kek
Y se alegró al descubrir que empezaba a encogerse
dan dia gembira mendapati bahawa dia mula mengecut
Pronto fue lo suficientemente pequeña como para pasar por la puerta
tidak lama kemudian dia cukup kecil untuk melalui pintu
Salió corriendo de la casa
dia berlari keluar dari rumah
Una multitud de animalitos y pájaros esperaban afuera
sekumpulan haiwan kecil dan burung sedang menunggu di luar
todos los pajaritos y animales se abalanzaron sobre Alicia
semua burung kecil dan haiwan bergegas ke arah Alice
Pero ella huyó lo más rápido que pudo
tetapi dia melarikan diri secepat yang dia boleh
Y pronto se encontró a salvo en un espeso bosque
dan tidak lama kemudian dia mendapati dirinya selamat di dalam hutan tebal
Alicia vagaba por el bosque
Alice berkeliaran di dalam hutan
Y pensó para sí misma:
dan dia berfikir:
"Sé lo que tengo que hacer primero"
"Saya tahu apa yang perlu saya lakukan dahulu"
"Primero tengo que volver a crecer hasta el tamaño adecuado"
"mula-mula saya perlu membesar ke saiz yang betul semula"
"Y luego tengo que encontrar mi camino hacia ese hermoso jardín"
"dan kemudian saya perlu mencari jalan ke taman yang indah itu"
"Supongo que debería comer o beber una cosa u otra"
"Saya rasa saya patut makan atau minum sesuatu atau lain-

lain"
"Pero la pregunta es ¿qué debo comer o beber?"
"tetapi persoalannya ialah apa yang patut saya makan atau minum?"
Alicia miró a su alrededor las flores
Alice melihat sekelilingnya pada bunga-bunga
Y miró a través de las briznas de hierba
dan dia melihat melalui bilah rumput
pero no podía ver nada de comer ni de beber
tetapi dia tidak dapat melihat apa-apa untuk dimakan atau diminum
Nada parecía ser lo adecuado para comer o beber
tiada apa yang kelihatan seperti perkara yang betul untuk dimakan atau diminum
Había un gran hongo creciendo cerca de ella
Terdapat cendawan besar yang tumbuh berdekatan dengannya
el hongo tenía aproximadamente la misma altura que Alicia
cendawan itu kira-kira sama ketinggian dengan Alice
Se estiró de puntillas
Dia meregangkan dirinya dengan berjinjit
Y se asomó por el borde del hongo
dan dia mengintip ke tepi cendawan
Sus ojos se encontraron inmediatamente con los ojos de una gran oruga azul
Matanya segera bertemu dengan mata ulat biru yang besar
La oruga estaba sentada en la parte superior del hongo
Ulat itu duduk di atas cendawan
y la oruga se había cruzado de brazos
dan ulat itu telah menyilangkan semua tangannya
Y estaba fumando tranquilamente una larga cachimba
dan dia diam-diam menghisap hookah panjang
y no hizo la menor atención a nada
dan dia tidak mengambil perhatian sedikit pun tentang apa-apa
y ciertamente no le prestó atención a Alicia
dan dia pastinya tidak memberi perhatian kepada Alice

Por fin, la oruga se quitó la pipa de la boca
Akhirnya ulat itu mengeluarkan hookah dari mulutnya
y se dirigió a Alicia con voz lánguida y soñolienta
dan dia bercakap kepada Alice dengan suara lesu dan mengantuk
—¿Quién eres? —preguntó la oruga
"Siapa kamu?" kata ulat itu

Alicia respondió, con cierta timidez: "No lo sé, señor"
Alice menjawab, agak malu-malu, "Saya hampir tidak tahu, tuan"
"Justo en este momento está todo un poco..."
"Hanya pada masa ini semuanya sedikit..."
"Sé quién era cuando me levanté esta mañana"
"Saya tahu siapa saya ketika saya bangun pagi ini""
"pero creo que debo haber cambiado varias veces desde entonces"
"tetapi saya rasa saya mesti berubah beberapa kali sejak itu"

—¿Qué quieres decir con eso? —dijo la oruga—
"Apa maksud awak dengan itu?" kata ulat itu
Con severidad, la oruga le pidió que se explicara
dengan tegas ulat itu memintanya untuk menjelaskan dirinya
—Me temo que no puedo explicarme, señor —dijo Alicia—
"Saya tidak boleh menjelaskan diri saya, saya takut, tuan,"
kata Alice
"porque no soy yo mismo"
"kerana saya bukan diri saya sendiri"
"Verás, tener tantos tamaños diferentes en un día es muy
confuso"
"Anda lihat, menjadi begitu banyak saiz yang berbeza dalam
sehari sangat mengelirukan"
Se incorporó y dijo muy gravemente:
Dia menarik dirinya dan berkata dengan sangat serius:
"Creo que primero deberías decirme quién eres"
"Saya rasa anda harus memberitahu saya siapa anda, terlebih
dahulu"
"¿Por qué?", dijo la oruga
"Kenapa?" kata ulat itu
Alicia no se le ocurría ninguna buena razón
Alice tidak dapat memikirkan apa-apa alasan yang baik
Y la oruga parecía estar en un estado de ánimo muy
desagradable
dan ulat itu nampaknya berada dalam keadaan fikiran yang
sangat tidak menyenangkan
Así que se dio la vuelta
jadi dia berpaling
"¡Vuelve!", la oruga la llamó
"Kembali!" ulat itu memanggilnya
"¡Tengo algo importante que decir!"
"Saya ada sesuatu yang penting untuk dikatakan!"
Alicia se dio la vuelta y volvió otra vez
Alice berpaling dan kembali lagi
—Mantén la calma —dijo la oruga—
"Kekalkan sabarmu," kata ulat itu
-¿Eso es todo? -preguntó Alicia

"Adakah itu sahaja?" kata Alice

Y se tragó su rabia lo mejor que pudo

dan dia menelan kemarahannya sebaik mungkin

—No —dijo la oruga—

"Tidak," kata ulat itu

La oruga desplegó sus brazos

Ulat itu membuka tangannya

Y volvió a sacarse la pipa de la boca

dan dia mengeluarkan hookah dari mulutnya sekali lagi

y él dijo: "Así que Ud. piensa que Ud. ha cambiado, ¿verdad?"

dan dia berkata, "Jadi anda fikir anda telah berubah, bukan?"

—Me temo, he cambiado, señor —dijo Alicia—

"Saya takut, saya berubah, tuan," kata Alice

"No puedo recordar las cosas como solía recordarlas"

"Saya tidak dapat mengingati perkara seperti yang saya ingat dulu"

"¡Y no me quedo del mismo tamaño por más de diez minutos!"

"dan saya tidak kekal pada saiz yang sama selama lebih dari sepuluh minit!"

"¿Qué tamaño quieres tener?", preguntó la oruga

"Saiz apa yang anda mahukan?" tanya ulat itu

—Oh, no me importa especialmente el tamaño que tenga —respondió Alicia apresuradamente—

"Oh, saya tidak kisah saiz saya," jawab Alice tergesa-gesa

"Simplemente no me gusta cambiar de tamaño tan a menudo, ya sabes"

"Saya hanya tidak suka menukar saiz terlalu kerap, anda tahu"

"Me gustaría ser un poco más grande, señor"

"Saya mahu menjadi lebih besar sedikit, tuan"

—Si no te importa —añadió Alicia—

"jika anda tidak keberatan," tambah Alice

"Diez centímetros es una altura tan miserable para ser"

"Sepuluh sentimeter adalah ketinggian yang menyedihkan"

-¡Es una altura muy buena! -exclamó la oruga con rabia-

"Ia memang ketinggian yang sangat baik!" kata ulat itu

dengan marah

Y se irguió mientras hablaba

dan dia bangkit tegak semasa dia bercakap

Medía exactamente diez centímetros de alto

dia betul-betul sepuluh sentimeter tinggi

En uno o dos minutos, la oruga bajó del hongo

Dalam satu atau dua minit, ulat itu turun dari cendawan

Y se arrastró por la hierba

dan dia merangkak pergi ke rumput

Al alejarse, hizo algunas pequeñas observaciones

Semasa dia pergi, dia membuat beberapa kenyataan kecil

"Un lado te hará crecer más alto"

"Satu sisi akan membuatkan anda bertambah tinggi"

"Y el otro lado te hará acortar"

"Dan pihak lain akan membuatkan anda semakin pendek"

«¿Un lado de qué?», pensó Alicia para sí misma

"Satu sisi apa?" fikir Alice pada dirinya sendiri

—¿El otro lado de qué?

"Sisi lain dari apa?"

—El costado del hongo —dijo la oruga—

"Bahagian tepi cendawan," kata ulat itu

Era como si hubiera hecho su pregunta en voz alta

seolah-olah dia telah bertanya soalannya dengan kuat

Y en otro momento, se perdió de vista

dan pada saat lain, dia hilang dari pandangan

Alicia se quedó mirando pensativa el hongo

Alice tetap melihat cendawan itu dengan berfikir

Estaba tratando de distinguir cuáles eran los dos lados del hongo

Dia cuba melihat yang mana dua sisi cendawan itu

Por fin, estiró los brazos alrededor de la seta

Akhirnya dia menghulurkan tangannya di sekeliling cendawan

Y rompió un poco los bordes

dan dia mematahkan sedikit tepi

"Y ahora, ¿qué lado es cuál?", se dijo a sí misma

"Dan sekarang, pihak mana yang mana?" katanya kepada

dirinya sendiri
Y mordisqueó un poco de la parte de la mano derecha
dan dia menggigit sedikit bahagian tangan kanan
Al momento siguiente sintió un violento golpe debajo de la barbilla
Pada saat berikutnya dia merasakan pukulan ganas di bawah dagunya
¡Su barbilla había golpeado su pie!
dagunya telah memukul kakinya!
Estaba bastante asustada por este cambio tan repentino
Dia sangat takut dengan perubahan yang sangat tiba-tiba ini
Se estaba encogiendo muy rápidamente
dia mengecut dengan cepat
Así que rápidamente se comió un poco del otro trozo de champiñón
jadi dia dengan cepat memakan sedikit cendawan yang lain
Su barbilla estaba muy presionada contra su pie
Dagunya ditekan dengan sangat rapat pada kakinya
Apenas había espacio para abrir la boca
hampir tidak ada ruang untuk membuka mulutnya
Pero al fin logró abrir la boca
tetapi dia akhirnya berjaya membuka mulutnya
Y tragó un bocado del pedazo de la mano izquierda
dan dia menelan sekeping bit tangan kiri
-¡Por fin me han liberado la cabeza! -exclamó Alicia-
"Kepala saya akhirnya dibebaskan!" kata Alice
Se miró a sí misma
Dia memandang ke bawah pada dirinya sendiri
Pero todo lo que podía ver era una inmensa longitud de cuello
tetapi apa yang dia boleh lihat hanyalah leher yang sangat panjang
Su cuello parecía elevarse como un tallo
lehernya seolah-olah naik seperti tangkai
Y miró hacia abajo sobre un mar de hojas verdes
dan dia melihat ke bawah lautan daun hijau
—¿A dónde han llegado mis hombros?

"Ke mana bahu saya pergi?"
"Y oh, mis pobres manos, ¿cómo es que no puedo verte?"
"Dan oh, tangan saya yang malang, bagaimana saya tidak dapat melihat awak?"
Pero su cuello tenía un beneficio
tetapi lehernya mempunyai satu faedah
Podía mover la cabeza en cualquier dirección
dia boleh menggerakkan kepalanya ke mana-mana arah
De hecho, era como una serpiente
sebenarnya, dia seperti ular
Ella zigzagueó con gracia con la cabeza hacia abajo
dia dengan anggun zigzag menundukkan kepalanya
Y movió la cabeza entre los árboles
dan dia menggerakkan kepalanya melalui pokok-pokok
Pero entonces oyó un silbido agudo
tetapi kemudian dia mendengar desisan tajam
Y rápidamente echó la cabeza hacia atrás
dan dia dengan cepat menarik kepalanya ke belakang
Una gran paloma había volado hacia su cara
seekor merpati besar telah terbang ke mukanya
y la paloma se agitó violentamente con sus alas
dan merpati itu dengan ganas dengan sayapnya

-¡Serpiente! -exclamó la paloma-
"Ular!" jerit merpati itu
-¡No soy una serpiente! -exclamó Alicia indignada-
"Saya bukan ular!" kata Alice marah
"¡Déjame en paz!"
"Tinggalkan saya sendirian!"
"He probado las raíces de los árboles"
"Saya telah mencuba akar pokok"
—Y he probado setos —prosiguió la paloma—
"dan saya telah mencuba lindung nilai," merpati itu
meneruskan
—¡Pero esas serpientes! ¡No hay forma de complacerlos!"
"Tetapi ular-ular itu! Tidak ada yang menggembirakan
mereka!"
Alicia estaba cada vez más desconcertada
Alice semakin hairan
-Como si ya fuera bastante trabajo incubar los huevos -dijo
la paloma-
"Seolah-olah tidak cukup menyusahkan menetas telur," kata
merpati itu
—¡De noche y de día también tengo que estar atento a las
serpientes!
"Pada siang dan malam saya mesti berhati-hati dengan ular
juga!"
"Acababa de encontrar el árbol más alto del bosque"
"Saya baru sahaja menemui pokok tertinggi di hutan"
—¿Estaría libre de serpientes aquí?
"pasti saya akan bebas daripada ular di sini?"
"¡Y sale una serpiente del cielo!"
"Dan keluar seekor ular dari langit!"
-¡Pero yo no soy una serpiente, te lo aseguro! -dijo Alicia-
"Tetapi saya bukan ular, saya beritahu anda!" kata Alice
"Soy un... Soy un... Soy una niña —añadió con cierta duda—
"Saya... Saya seorang ... Saya seorang gadis kecil," tambahnya
agak ragu-ragu
Después de todo, había estado pasando por muchos cambios
dia telah melalui banyak perubahan

—Estás buscando huevos —dijo la paloma—
"Kamu sedang mencari telur," kata merpati itu
"Lo sé con certeza"
"Saya tahu itu untuk fakta"
—¿Y qué importa si eres una niña o una serpiente?
"Dan apa pentingnya jika anda seorang gadis kecil atau ular?"
—A mí me importa mucho —dijo Alicia apresuradamente—
"Ia sangat penting bagi saya," kata Alice tergesa-gesa
"pero no estoy buscando huevos, como suele ser"
"tetapi saya tidak mencari telur, seperti yang berlaku"
"Y de todos modos no querría tus huevos"
"dan saya tidak mahu telur awak pula"
"No me gustan los huevos crudos"
"Saya tidak suka telur saya mentah"
-¡Pues váyase! -dijo la paloma en tono malhumorado-
"Baiklah, pergilah!" kata merpati itu dengan nada cemberut
Y la paloma se instaló de nuevo en su nido
dan merpati itu menetap semula ke dalam sarangnya
Alicia se agachó entre los árboles lo mejor que pudo
Alice berjongkok di antara pokok-pokok sebaik mungkin
Su cuello no dejaba de enredarse entre las ramas
lehernya terus terjerat di antara dahan
De vez en cuando tenía que detenerse y desenroscar el cuello
sekali-sekala dia terpaksa berhenti dan melepaskan lehernya
Al cabo de un rato se acordó de la seta
Selepas beberapa ketika dia teringat cendawan itu
Todavía sostenía los trozos de hongo en sus manos
dia masih memegang kepingan cendawan di tangannya
Y se puso a trabajar con mucho cuidado
dan dia mula bekerja dengan sangat berhati-hati
Primero mordisqueó una pieza
Mula-mula dia menggigit sekeping
Y luego mordisqueó la otra pieza
dan kemudian dia menggigit sekeping yang lain
A veces crecía
kadang-kadang dia semakin tinggi
y a veces se acortaba

dan kadang-kadang dia menjadi lebih pendek

pero finalmente alcanzó su altura habitual

tetapi akhirnya dia mencapai ketinggian biasa

Hacía tiempo que no era de su estatura

dia tidak mempunyai ketinggiannya sendiri untuk beberapa waktu

Así que todo se sintió extraño por un tiempo

jadi semuanya terasa pelik untuk seketika

"Lo siguiente que hay que hacer es entrar en ese hermoso jardín"

"Perkara seterusnya yang perlu dilakukan ialah masuk ke taman yang indah itu"

—¿Cómo se va a hacer eso, me pregunto?

"bagaimana itu boleh dilakukan, saya tertanya-tanya?"

Al decir esto, llegó a un lugar abierto

Semasa dia mengatakan ini, dia terjumpa tempat terbuka

Había una casita, un poco más de un metro de altura

Terdapat sebuah rumah kecil, sedikit lebih tinggi daripada satu meter

"Me pregunto quién vive en esta casita"

"Saya tertanya-tanya siapa yang tinggal di rumah kecil ini"

"Ciertamente no puedo entrar tan grande como soy"

"Saya pasti tidak boleh masuk sebesar saya"

—¡Los asustaría terriblemente!

"Saya akan menakutkan mereka dengan teruk!"

Así que volvió a mordisquear el pequeño champiñón

jadi dia menggigit cendawan kecil itu lagi

Y pronto bajó treinta centímetros

dan tidak lama kemudian dia menurunkan dirinya tiga puluh sentimeter

Un cerdo y un poco de pimienta

Seekor babi dan sedikit lada

Durante uno o dos minutos se quedó mirando la casa

Selama satu atau dua minit dia berdiri memandang rumah itu

De repente, un lacayo salió corriendo del bosque

Tiba-tiba seorang pejalan kaki berlari keluar dari hutan

Vestía un uniforme especial

dia memakai pakaian seragam livery khas

A juzgar solo por su rostro, ella lo habría llamado pez

berdasarkan wajahnya sahaja, dia akan memanggilnya ikan

Y golpeó fuertemente la puerta con los nudillos

dan dia mengetuk pintu dengan kuat dengan buku-buku jarinya

La puerta fue abierta por otro lacayo

pintu dibuka oleh seorang lagi pejalan kaki

Este lacayo también llevaba una librea especial

Footman ini juga memakai livery khas

Este lacayo tenía una cara redonda y ojos grandes como los de una rana

Footman ini mempunyai muka bulat dan mata besar seperti katak

El lacayo, que parecía un pez, inició la ceremonia
Kaki yang kelihatan seperti ikan memulakan upacara itu
Sacó algo de debajo de su brazo
dia mengeluarkan sesuatu dari bawah kemaluannya
Y sacó de debajo del brazo un sobre
dan dia mengeluarkan dari bawah lengannya sampul surat
Y este sobre se lo entregó al otro lacayo
dan sampul surat ini dia serahkan kepada kaki yang lain
En tono ceremonioso le comunicó las órdenes
Dengan nada istiadat dia memberitahunya perintah itu
"Este mensaje es para la duquesa"
"Mesej ini untuk Duchess"
"Una invitación de la reina a jugar al croquet"
"Jemputan daripada ratu untuk bermain kroket"
El lacayo, que parecía una rana, repitió la orden
Kaki yang kelihatan seperti katak mengulangi perintah itu
"De la Reina"
"Daripada Ratu"
"Una invitación"
"jemputan"
"para la duquesa"
"untuk Duchess"
"Jugar al croquet"
"Bermain kroket"
Entonces ambos se inclinaron profundamente
Kemudian mereka berdua tunduk rendah
y los rizos de sus pelucas se enredaron
dan keriting di rambut palsu mereka terjerat bersama
Pronto el lacayo que parecía un pez se había ido
tidak lama kemudian kaki yang kelihatan seperti ikan telah
hilang
Pero el lacayo que parecía una rana todavía estaba allí
tetapi kaki yang kelihatan seperti katak masih ada di sana
Estaba sentado en el suelo, cerca de la puerta
dia duduk di tanah berhampiran pintu
Estaba mirando estúpidamente al cielo
dia merenung dengan bodoh ke langit

Alicia se acercó tímidamente a la puerta y llamó
Alice dengan malu-malu pergi ke pintu dan mengetuk
—Es inútil llamar a la puerta —dijo el lacayo—
"Tidak ada gunanya mengetuk," kata kaki itu
"Y eso es por dos razones"
"Dan itu kerana dua sebab"
"Primero, porque estoy del mismo lado de la puerta que tú"
"Pertama, kerana saya berada di sebelah pintu yang sama
dengan awak"
**"En segundo lugar, porque están haciendo mucho ruido
dentro"**
"Kedua, kerana mereka membuat begitu banyak bising di
dalam"
"Nadie podría escucharte"
"Tiada siapa yang mungkin mendengar awak"
Y, ciertamente, había un ruido extraordinario en su interior
Dan pastinya ada bunyi yang paling luar biasa berlaku di
dalam
un aullido y estornudos constantes
lolongan dan bersin yang berterusan
y de vez en cuando se oye un gran estruendo
dan sekali-sekala bunyi rempuhan yang hebat
como si un plato o una tetera se hubieran roto en pedazos
seolah-olah pinggan mangkuk atau cerek telah pecah
berkeping-keping
-¿Cómo voy a entrar? -preguntó Alicia
"Bagaimana saya boleh masuk?" tanya Alice
—¿Deberías entrar? —dijo el lacayo—
"Patutkah anda masuk sama sekali?" kata kaki itu
"Esa es la primera pregunta, ya sabes"
"Itulah soalan pertama, anda tahu"
Alicia abrió la puerta y entró
Alice membuka pintu dan masuk
La puerta conducía directamente a una gran cocina
Pintu itu menghala terus ke dapur besar
La cocina estaba llena de humo de un extremo a otro
dapur penuh dengan asap dari satu hujung ke hujung yang

lain

en medio de la cocina estaba la duquesa

di tengah-tengah dapur ialah Duchess

Estaba sentada en un taburete de tres patas

dia sedang duduk di atas bangku berkaki tiga

Y ella estaba amamantando a un bebé

dan dia sedang menyusukan bayi

El cocinero estaba inclinado sobre el fuego

tukang masak itu bersandar di atas api

Estaba removiendo un gran caldero

dia sedang mengacau sebuah kaldron besar

y el caldero parecía estar lleno de sopa

dan kaldron itu kelihatan penuh dengan sup

"¡Ciertamente hay demasiada pimienta en esa sopa!" —se dijo Alicia

"Sudah tentu terlalu banyak lada dalam sup itu!" Alice berkata pada dirinya sendiri

Lo dijo lo mejor que pudo, sin estornudar

Dia mengatakannya sebaik mungkin tanpa bersin

Incluso la duquesa estornudaba de vez en cuando

Malah Duchess bersin sekali-sekala

Pero las acciones del bebé fueron las más notables

Tetapi tindakan bayi itu adalah yang paling patut diberi perhatian

El bebé estornudaba y aullaba alternativamente

bayi itu bersin dan melolong secara bergilir-gilir

No hubo un momento de pausa entre aullidos y estornudos

tidak ada jeda seketika antara melolong dan bersin

Había dos criaturas en la cocina que no estornudaban

Terdapat dua makhluk di dapur yang tidak bersin

El cocinero estaba demasiado ocupado para estornudar

tukang masak terlalu sibuk untuk bersin

Y al gran gato no pareció importarle el pimiento

dan kucing besar itu nampaknya tidak keberatan dengan lada

En cambio, el gran gato sonreía de oreja a oreja

sebaliknya, kucing besar itu tersenyum dari telinga ke telinga

-Por favor, ¿podría decírmelo -dijo Alicia, un poco

tímidamente-
"Tolong beritahu saya," kata Alice, sedikit malu-malu
"¿Por qué tu gato sonríe así?"
"Kenapa kucing awak tersenyum seperti itu?"
-Es un gato de Cheshire -dijo la duquesa-
"Ia Kucing Cheshire," kata Duchess
"Y por eso está sonriendo de oreja a oreja"
"Dan itulah sebabnya dia tersenyum dari telinga ke telinga"
"No sabía que un gato de Cheshire siempre sonreía"
"Saya tidak tahu bahawa Cheshire-Cat sentiasa tersenyum"
**—De hecho, no sabía que los gatos podían sonreír —dijo
Alicia—**
"sebenarnya, saya tidak tahu bahawa kucing boleh
tersenyum," kata Alice
-Hay muchas cosas que no sabes -dijo la duquesa-
"Ada banyak yang anda tidak tahu," kata Duchess
"Hay muchas cosas que no sabes y eso es un hecho"
"Terdapat banyak yang anda tidak tahu dan itu fakta"
**En ese momento, el cocinero retiró el caldero de sopa del
fuego**
Sejurus kemudian tukang masak mengeluarkan kuali sup dari
api
Y en seguida se puso a tirar todo lo que estaba a su alcance
dan serta-merta dia mula melemparkan segala-galanya dalam
jangkauannya
arrojó todo lo que pudo a la duquesa y al bebé
dia melemparkan semua yang dia boleh kepada Duchess dan
bayi itu
Primero arrojó los hierros de fuego
mula-mula dia melemparkan besi api
Luego tiró un puñado de cacerolas
Kemudian dia melemparkan segenggam periuk
y finalmente tiró los platos y las fuentes
dan akhirnya dia membaling pinggan dan pinggan mangkuk
La duquesa no le hizo caso
Duchess tidak memperhatikannya
Incluso cuando fue golpeada por un plato, no se preocupó

Walaupun dia dipukul oleh pinggan, dia tidak bimbang
El bebé ya estaba aullando tanto
bayi itu sudah melolong begitu banyak
**Así que era imposible decir si los golpes lastimaban al bebé
o no**
Jadi mustahil untuk mengatakan sama ada pukulan itu
menyakiti bayi atau tidak
**—¡Oh, por favor, ten cuidado con lo que estás haciendo! —
exclamó Alicia—**
"Oh, sila fikirkan apa yang kamu lakukan!" jerit Alice
Y saltaba de un lado a otro en una agonía de terror
dan dia melompat ke atas dan ke bawah dalam kesakitan
ketakutan
la duquesa le ofreció a Alicia el bebé
Duchess menawarkan bayi itu kepada Alice
"¡Aquí! ¡Puedes amamantar un poco al bebé, si quieres!"
"Di sini! Anda boleh menyusukan bayi sedikit, jika anda
suka!"
Y le arrojó al bebé mientras hablaba
dan dia melemparkan bayi itu kepadanya semasa dia
bercakap
**"Tengo que ir a prepararme para jugar al croquet con la
reina"**
"Saya mesti pergi dan bersiap sedia untuk bermain kroket
dengan ratu"
Y se apresuró a salir de la habitación
dan dia bergegas keluar dari bilik
Alicia atrapó al bebé con cierta dificultad
Alice menangkap bayi itu dengan sedikit kesukaran
porque era una criatura de forma muy extraña
kerana ia adalah makhluk kecil berbentuk sangat ganjil
**Y el bebé extendió los brazos y las piernas en todas
direcciones**
dan bayi itu menghulurkan tangan dan kakinya ke semua
arah
«Será mejor que me lleve a este niño conmigo», pensó Alicia
"Lebih baik saya membawa anak ini pergi bersama saya," fikir

Alice
"Seguro que matarán a este bebé en uno o dos días"
"Mereka pasti akan membunuh bayi ini dalam satu atau dua hari"
—¿No sería un asesinato dejar atrás a este bebé?
"Bukankah membunuh untuk meninggalkan bayi ini?"
Dijo las últimas palabras en voz alta
Dia mengucapkan kata-kata terakhir dengan kuat
Y la cosita gruñó en respuesta
dan benda kecil itu merungut sebagai jawapan
—Será mejor que no te conviertas en un cerdo, querida — dijo Alicia—
"Sebaiknya kamu tidak berubah menjadi babi, sayangku," kata Alice
"o de lo contrario no tendré nada más que ver contigo"
"atau saya tidak akan ada kaitan lagi dengan awak"
Alicia empezaba a pensar para sí misma:
Alice baru mula berfikir sendiri:
"Ahora, ¿qué voy a hacer con esta criatura cuando la lleve a casa?"
"Sekarang, apa yang perlu saya lakukan dengan makhluk ini, apabila saya membawanya pulang?"
Pero entonces la pequeña criatura gruñó un poco violentamente
tetapi kemudian makhluk kecil itu merungut sedikit ganas
y Alicia lo miró a la cara con cierta alarma
dan Alice memandang ke mukanya dalam sedikit kebimbangan
Esta vez no podía haber error al respecto
Kali ini tidak mungkin ada kesilapan mengenainya
No era ni más ni menos que un cerdo
ia tidak lebih dan tidak kurang daripada babi
Así que dejó a la pequeña criatura en el suelo
jadi dia meletakkan makhluk kecil itu
y la pequeña criatura se aleja trotando tranquilamente hacia el bosque
dan makhluk kecil itu berlari secara senyap-senyap ke dalam

hutan
Alicia se sintió bastante aliviada al ver que la criatura se iba
Alice berasa agak lega melihat makhluk itu pergi
Alicia se sobresaltó un poco al ver al Gato de Cheshire
Alice sedikit terkejut melihat Cheshire-Cat
Estaba sentado en la rama de un árbol a pocos metros de distancia
ia duduk di dahan pokok beberapa meter jauhnya
El gato solo sonrió cuando la vio
Kucing itu hanya tersenyum apabila melihatnya
—Gato de Cheshire —empezó Alicia, bastante tímidamente—
"Kucing Cheshire," mula Alice, agak malu-malu
—¿Podría decirme, por favor, qué camino debo tomar desde aquí?
"Bolehkah anda memberitahu saya ke arah mana saya harus pergi dari sini?"
—En esa dirección —dijo el gato—
"Ke arah itu," kata kucing itu
Y agitó la pata derecha
dan ia melambai kaki kanan
"En esa dirección vive un fabricante de sombreros"
"Ke arah itu hidup seorang pembuat topi"
Y entonces el gato agitó su otra pata
dan kemudian kucing itu melambai kakinya yang lain
"Y en esa dirección vive una liebre de marzo"
"Dan ke arah itu hidup arnab perarakan"
"Visita a cualquiera de los que quieras; los dos están locos"
"Lawati sama ada yang anda suka; mereka berdua gila"
—Pero yo no quiero andar entre locos —comentó Alicia—
"Tetapi saya tidak mahu pergi di kalangan orang gila," kata Alice
—Oh, no puedes evitarlo —dijo el Gato—
"Oh, anda tidak boleh menahannya," kata Kucing
"Aquí estamos todos locos"
"Kita semua marah di sini"
"¿Vas a jugar al croquet con la reina hoy?"

"Adakah anda bermain kroket dengan ratu hari ini?"
—**Me gustaría mucho —dijo Alicia—**
"Saya sangat mahu," kata Alice
"pero todavía no me han invitado"
"tetapi saya belum dijemput lagi"
—**Allí me verás —dijo el Gato—**
"Anda akan melihat saya di sana," kata Kucing
Y de un momento a otro el gato desapareció
dan dari satu saat ke saat berikutnya kucing itu lenyap
pronto Alicia llegó a la vista de la casa de la liebre de marzo
tidak lama kemudian Alice dapat melihat rumah arnab
perarakan
Era una casa muy grande
Ini adalah sebuah rumah yang sangat besar
así que Alicia no quiso acercarse a la casa
jadi Alice tidak mahu pergi berhampiran rumah
**Primero tuvo que mordisquear un poco más del trozo de
champiñón del lado izquierdo**
Mula-mula dia terpaksa menggigit sedikit cendawan sebelah
kiri

Una fiesta de té loca

pesta teh gila

Delante de la casa había un árbol
Di hadapan rumah terdapat sebatang pokok
y debajo del árbol había una mesa
dan di bawah pokok itu terdapat sebuah meja
y la mesa estaba puesta con toda clase de cubiertos
dan meja itu diatur dengan pelbagai jenis kutleri
**La Liebre de Marzo y el Sombrerero estaban sentados a la
mesa**
arnab March dan pembuat topi berada di meja
y juntos estaban tomando el té
dan bersama-sama mereka minum teh
Un lirón estaba sentado entre ellos
seekor tikus duduk di antara mereka
y el lirón se durmió profundamente

dan dormouse itu tertidur lelap
La mesa era de un tamaño extraordinario
Meja itu bersaiz luar biasa
Pero la mayor parte de la mesa estaba desocupada
tetapi sebahagian besar meja tidak berpenghuni
Se sentaron apiñados en una esquina de la mesa
mereka duduk bersesak di satu sudut meja
y, sin embargo, se excusaban cuando veían a Alicia
namun mereka membuat alasan apabila mereka melihat Alice
"¡No hay espacio! ¡No hay lugar!", gritaron
"Tiada bilik! Tiada bilik!" mereka menjerit
-¡Hay sitio de sobra! -exclamó Alicia indignada-
"Ada banyak ruang!" kata Alice marah
En un extremo de la mesa había un gran sillón
Di satu hujung meja terdapat kerusi berlengan yang besar
y Alicia se sentó en el sillón
dan Alice duduk di kerusi berlengan
El sombrerero abrió mucho los ojos
pembuat topi membuka matanya dengan sangat lebar
No podía creer lo que estaba viendo
dia tidak percaya apa yang dia lihat
Pero su mente tenía curiosidad por otras cosas
tetapi fikirannya ingin tahu tentang perkara lain
—¿Por qué un cuervo es como un escritorio?
"Mengapa burung gagak seperti meja tulis?"
Alicia estaba abierta al reto
Alice terbuka kepada cabaran itu
"Me alegro de que hayan empezado a hacer adivinanzas"
"Saya gembira mereka telah mula bertanya teka-teki"
—Creo que puedo adivinarlo —añadió en voz alta—
"Saya percaya saya boleh meneka itu," tambahnya dengan
lantang
La liebre de marzo sintió curiosidad por Alicia
Arnab perarakan semakin ingin tahu tentang Alice
"¿De verdad crees que puedes encontrar la respuesta?"
"Adakah anda benar-benar fikir anda boleh mencari
jawapannya?"

—Creo que puedo encontrar la respuesta —dijo Alicia—
"Saya rasa saya memang boleh mencari jawapannya," kata
Alice
—Entonces deberías decir lo que quieres decir —prosiguió la
liebre de la marcha—
"Kalau begitu kamu harus katakan apa yang kamu
maksudkan," arnab perarakan itu diteruskan
—Digo lo que quiero decir —respondió Alicia
apresuradamente—
"Saya katakan apa yang saya maksudkan," Alice tergesa-gesa
menjawab
"por lo menos quiero decir lo que digo"
"sekurang-kurangnya saya maksudkan apa yang saya
katakan"
"Es lo mismo, ¿sabes?"
"Itu perkara yang sama, anda tahu"
El lirón también contribuyó a la conversación
Dormouse juga menyumbang kepada perbualan
Pero el lirón parecía estar hablando en sueños
tetapi dormouse seolah-olah bercakap dalam tidurnya
"Respiro cuando duermo"
"Saya bernafas apabila saya tidur"
"¡Duermo cuando respiro!"
"Saya tidur apabila saya bernafas!"
"Bien podría decirse que también son lo mismo"
"Anda juga boleh mengatakan mereka juga sama"
-A ti te pasa lo mismo -dijo el sombrerero-
"Ia adalah perkara yang sama dengan kamu," kata pembuat
topi
Y echó un poco de té en la nariz del lirón
dan dia menuangkan sedikit teh ke hidung dormouse
El Lirón sacudió la cabeza con impaciencia
Dormouse menggelengkan kepalanya dengan tidak sabar
Y volvió a hablar el Lirón, sin abrir los ojos
dan sekali lagi tikus bercakap, tanpa membuka matanya
"Por supuesto, por supuesto que es lo mismo"
"Sudah tentu, sudah tentu ia sama"

"eso es justo lo que iba a decir yo mismo"
"itulah yang saya akan katakan sendiri"

El sombrerero se volvió hacia Alicia y le hizo otra pregunta
Pembuat topi itu berpaling kepada Alice dan bertanya soalan lain
—¿Ya has adivinado el enigma?
"Adakah anda sudah meneka teka-teki itu?"
—No, me rindo —concedió Alicia—
"Tidak, saya berputus asa," Alice mengakui
"¿Cuál es la respuesta?", quiso saber
"Apa jawapannya?" dia ingin tahu
—No tengo la menor idea —dijo el sombrerero—
"Saya tidak mempunyai sedikit pun idea," kata pembuat topi itu
-Ni yo lo sé -dijo la liebre-
"Saya juga tidak tahu," kata arnab perarakan
Alicia dio un suspiro de cansancio
Alice menghela nafas letih

"Hay mejores usos del tiempo que los enigmas sin respuestas"
"Terdapat penggunaan masa yang lebih baik daripada teka-teki tanpa jawapan"
-¡Toma un poco más de té! -dijo la liebre a Alicia, muy seriamente-
"minum teh lagi," kata arnab perarakan kepada Alice, dengan sangat bersungguh-sungguh
Alicia se sintió bastante ofendida por la oferta
Alice agak tersinggung dengan tawaran itu
—Todavía no he tomado el té —respondió Alicia—
"Saya belum minum teh," jawab Alice
"por lo tanto, no puedo tomar más té"
"oleh itu saya tidak boleh minum teh lagi"
—Quieres decir que no puedes tomar menos té —dijo el sombrerero—
"Maksud anda anda tidak boleh kurang minum teh," kata pembuat topi
"Es muy fácil llevarse más que nada"
"Sangat mudah untuk mengambil lebih daripada tiada"
Al oír esto, Alicia se levantó y se marchó
Pada masa ini, Alice bangun dan berjalan pergi
El lirón se durmió al instante
Tikus dormouse itu tertidur serta-merta
y ninguno de los otros hizo la menor atención de que ella se fuera
dan kedua-dua yang lain tidak menyedari kepergiannya
aunque miró hacia atrás una o dos veces
walaupun dia menoleh ke belakang sekali atau dua kali
Intentaban meter el lirón en la tetera
Mereka cuba memasukkan tikus ke dalam periuk teh
-De todos modos, ¡no volveré a ir allí! -dijo Alicia-
"Bagaimanapun, saya tidak akan pergi ke sana lagi!" kata Alice
Y ella caminó su camino a través del bosque
dan dia berjalan melalui hutan
"Esa fue la fiesta del té más estúpida a la que he ido en mi

vida"
"itu adalah pesta teh paling bodoh yang pernah saya
kunjungi"
Justo cuando dijo esto, notó algo
Semasa dia mengatakan ini, dia menyedari sesuatu
**Uno de los árboles tenía una puerta que daba directamente a
él**
Salah satu pokok mempunyai pintu yang menghala terus ke
dalamnya
"¡Eso es muy interesante!", pensó
"Itu sangat menarik!" fikirnya
"Creo que es mejor que pase por la puerta"
"Saya rasa saya juga boleh melalui pintu"
Y entró por la puerta
Dan melalui pintu dia pergi
Una vez más se encontró en el largo pasillo
Sekali lagi dia mendapati dirinya berada di dewan panjang
De nuevo estaba cerca de la mesita de cristal
sekali lagi dia dekat dengan meja kaca kecil
Ella tomó la pequeña llave de oro
Dia mengambil kunci emas kecil itu
Y abrió la puerta que daba al jardín
dan dia membuka kunci pintu yang menuju ke taman
Luego se puso manos a la obra mordisqueando el hongo
Kemudian dia mula bekerja menggigit cendawan
Había guardado un trozo de la seta en el bolsillo
dia telah menyimpan sekeping cendawan di dalam poketnya
Y, por último, medía alrededor de un metro de altura
dan akhirnya dia kira-kira satu meter tinggi
Luego caminó por el pequeño pasillo
Kemudian dia berjalan menyusuri koridor kecil
Y entonces finalmente se encontró en el hermoso jardín
dan kemudian dia akhirnya mendapati dirinya berada di
taman yang indah
y ella estaba entre la flor brillante y las fuentes frescas
dan dia berada di antara bunga yang terang dan air pancut
yang sejuk

El campo de croquet de la reina
Tanah kroket ratu

Un gran rosal se alzaba cerca de la entrada del jardín
Sebatang pokok mawar besar berdiri berhampiran pintu
masuk taman
Las rosas que crecían en el árbol eran blancas
mawar yang tumbuh di pokok itu berwarna putih
Pero había tres jardineros pintando la rosa
tetapi terdapat tiga tukang kebun yang melukis mawar itu
Estaban ocupados pintando las rosas de rojo
Mereka sibuk mengecat mawar merah
y Alicia los miraba pintar las rosas de rojo
dan Alice memerhatikan mereka melukis mawar merah
y de repente sus ojos se posaron por casualidad en Alicia
dan tiba-tiba mata mereka kebetulan tertuju pada Alice
Alicia habló un poco tímidamente
Alice bercakap sedikit malu-malu
—¿Podría decírmelo, por favor?
"Bolehkah anda memberitahu saya, tolong;"
"¿Por qué están pintando todas esas rosas?"
"Kenapa kamu semua melukis mawar itu?"
Cinco y siete no dijeron nada, pero miraron a dos
Lima dan tujuh tidak berkata apa-apa, tetapi melihat dua
Dos hablaron, en voz baja
dua bercakap, dengan suara rendah
"Vaya, el hecho es que ya lo ve, señora"
"Kenapa, hakikatnya, anda lihat, puan"
"Esto de aquí debería haber sido un rosal rojo"
"Ini di sini sepatutnya pokok mawar merah"
"Y pusimos un rosal blanco por error"
"Dan kami meletakkan pokok mawar putih secara tidak
sengaja"
"Como estarás de acuerdo, la Reina no debe enterarse"
"Seperti yang anda setuju, Ratu tidak boleh mengetahuinya"
"De lo contrario, nos cortarían la cabeza a todos"
"Jika tidak, kita semua akan dipotong kepala"
"Así que ya ve, señora, estamos haciendo lo mejor que

podemos"
"Jadi anda lihat, puan, kami melakukan yang terbaik"
**La Carta Cinco había estado mirando ansiosamente a través
del jardín**
Kad lima telah melihat dengan cemas ke seberang taman
En ese momento, la carta cinco gritó: "¡La reina! ¡La reina!"
Pada masa ini kad lima memanggil, "Ratu! Permaisuri!"
Y los tres jardineros se escabulleron al instante
dan ketiga-tiga tukang kebun itu serta-merta bergegas pergi
Y se arrojaron de bruces
dan mereka melemparkan diri mereka ke atas muka mereka
Se oyó el sonido de muchos pasos
Terdapat bunyi banyak langkah kaki
Alicia miró a su alrededor, ansiosa por ver a la reina
Alice melihat sekeliling, tidak sabar-sabar untuk melihat
permaisuri
Al comienzo de la procesión había diez soldados
Pada permulaan perarakan itu terdapat sepuluh askar
Sus manos y pies estaban en las esquinas
tangan dan kaki mereka berada di sudut
y en sus manos y pies había garrotes
dan di tangan dan kaki mereka ada kayu
Luego vinieron los diez cortesanos
seterusnya datang sepuluh orang istana
Los cortesanos estaban adornados con diamantes
istana dihiasi dengan berlian
Después de los cortesanos venían los hijos reales
Selepas istana datang anak-anak diraja
Eran diez los hijos de la realeza
Terdapat sepuluh anak diraja
y todos los niños reales estaban adornados con corazones
dan semua anak-anak diraja dihiasi dengan hati
Luego vinieron los invitados; en su mayoría reyes y reinas
Seterusnya datang tetamu; kebanyakannya raja dan
permaisuri
y entre los reyes y la reina, Alicia vio a alguien
dan di kalangan raja dan permaisuri Alice melihat seseorang

Volvió a ver al conejo blanco que había perseguido
dia melihat lagi arnab putih yang dikejarnya
La procesión fue seguida por la sota de los corazones
Perarakan itu diikuti dengan pisau hati
Llevaba la corona del rey
dia membawa mahkota raja
**y la corona del rey estaba sobre un cojín de terciopelo
carmesí**
dan mahkota raja berada di atas kusyen baldu merah
Y entonces llegó el final de esta gran procesión
Dan kemudian datanglah penghujung perarakan besar ini
Y allí, al final, estaban el Rey y la Reina de Corazones
dan di sana pada akhirnya ada raja dan ratu hati
la procesión venía frente a Alicia
perarakan itu bertentangan dengan Alice
Y todos se detuvieron y la miraron
dan mereka semua berhenti dan memandangnya
Y la reina dijo severamente: "¿Quién es éste?"
dan permaisuri berkata dengan keras, "Siapa ini?"
Se lo dijo a la Sota de Corazones
Dia mengatakannya kepada Knave of Hearts
**Pero él se limitó a hacer una reverencia y a sonreír en
respuesta**
tetapi dia hanya tunduk dan tersenyum sebagai jawapan
Alicia habló muy cortésmente
Alice bercakap dengan sangat sopan
"Mi nombre es Alicia, así que por favor, su majestad"
"Nama saya Alice, jadi tolong Yang Mulia"
Pero ella tenía otros pensamientos para sí misma
tetapi dia mempunyai pemikiran lain untuk dirinya sendiri
"¡Después de todo, son solo un mazo de cartas!"
"Lagipun, mereka hanya sebungkus kad!"
"¿Sabes jugar al croquet?", gritó la reina
"Bolehkah kamu bermain kroket?" jerit ratu
Era evidente que la pregunta iba dirigida a Alicia
Soalan itu jelas dimaksudkan untuk Alice
-¡Sí! -dijo Alicia en voz alta-

"Ya!" kata Alice dengan kuat
—¡Ven a jugar! —rugió la reina—
"Mari bermain!" raung permaisuri
una voz tímida le habló a Alicia
suara malu-malu bercakap kepada Alice
"¡Es un día muy hermoso!"
"Ini hari yang sangat cerah!"
Caminaba junto al conejo blanco
Dia berjalan di tepi arnab putih
y el Conejo Blanco la miraba ansiosamente a la cara
dan Arnab Putih mengintip dengan cemas ke mukanya
—Un día muy bueno —confirmó Alicia—
"Memang hari yang sangat cerah," mengesahkan Alice
—¿Dónde está la duquesa?
"Di mana duchess?"
"¡Silencio! ¡Silencio!", dijo el Conejo
"Diam! Diam!" kata Arnab
"Está condenada a muerte"
"Dia di bawah hukuman mati"
—¿Por qué la ejecutan? —preguntó Alicia
"Untuk apa dia dihukum mati?" tanya Alice
—Le ha rayado las orejas a la reina —empezó a decir el
conejo—
"Dia mencalarkan telinga ratu," arnab itu bermula
—gritó la Reina con voz de trueno—
Permaisuri menjerit dengan suara guruh
"¡Vayan a sus lugares!"
"Pergi ke tempat anda!"
Y la gente empezó a correr en todas direcciones
dan orang ramai mula berlari ke semua arah
y todos tropezaron unos con otros
dan mereka semua jatuh antara satu sama lain
Sin embargo, se calmaron en uno o dos minutos
Walau bagaimanapun, mereka telah tenang dalam satu atau
dua minit
Y entonces comenzó el juego
Dan kemudian permainan bermula

Alicia nunca había visto un campo de croquet tan curioso
Alice tidak pernah melihat tanah kroket yang begitu ingin tahu
La hierba era todo crestas y surcos
rumput itu semua rabung dan alur
Las bolas de croquet eran erizos de verdad
Bola kroket adalah landak sebenar
y los mazos eran flamencos de verdad
dan palu itu adalah flamingo sebenar
Y los soldados se pusieron de pie sobre sus manos y sus pies
dan askar-askar itu berdiri di atas tangan dan kaki mereka
porque los arcos estaban hechos de sus cuerpos
kerana gerbang itu diperbuat daripada badan mereka
Todos los jugadores jugaron a la vez
Semua pemain bermain serentak
Nadie esperó su turno
Tiada siapa yang menunggu giliran mereka
y todos se peleaban con todos
dan semua orang bertengkar dengan semua orang
y todos luchaban por los erizos
dan semua berjuang untuk landak
Pronto la reina se vio presa de una furiosa pasión
Tidak lama kemudian ratu berada dalam keghairahan yang marah
Y empezó a patalear y a gritar
dan dia mula menghentak-hentakan dan menjerit
"¡Córtale la cabeza!"
"Potong kepalanya!"
"¡Córtale la cabeza!"
"Potong kepalanya!"
"¡Córtale la cabeza a todos!"
"Potong semua kepala mereka!"
De nuevo Alicia pensó para sí misma
Sekali lagi Alice berfikir pada dirinya sendiri
"Son terriblemente aficionados a decapitar a la gente aquí"
"Mereka sangat gemar memenggal kepala orang di sini"
"¡La gran maravilla es que quede alguien vivo!"

"Keajaiban yang hebat ialah ada sesiapa yang masih hidup!"
Buscaba alguna vía de escape
Dia sedang mencari jalan untuk melarikan diri
Notó una curiosa apariencia en el aire
Dia melihat penampilan ingin tahu di udara
«Es el gato de Cheshire», se dijo a sí misma
"Ia kucing Cheshire," katanya kepada dirinya sendiri
"Ahora tendré a alguien con quien hablar"
"sekarang saya akan mempunyai seseorang untuk bercakap"
—¿Cómo te va? —preguntó el gato
"Bagaimana khabar?" kata kucing itu
—No creo que jueguen nada limpio —dijo Alicia—
"Saya tidak fikir mereka bermain sama sekali dengan adil,"
kata Alice
Y tenía un tono bastante quejumbroso
dan dia mempunyai nada yang agak merungut
"Todos se pelean tan terriblemente"
"Mereka semua bertengkar dengan sangat mengerikan"
"Uno no se oye hablar"
"Seseorang tidak boleh mendengar diri bercakap"
"Y no parecen jugar con ninguna regla"
"Dan mereka nampaknya tidak bermain mengikut sebarang
peraturan"
el gato le hizo una pregunta a Alicia en voz baja
kucing itu bertanya soalan kepada Alice dengan suara rendah
—¿Qué te parece la reina?
"Bagaimana anda suka permaisuri?"
—No me gusta nada —dijo Alicia—
"Saya sama sekali tidak menyukainya," kata Alice

Alicia pensó que sería mejor que volviera
Alice fikir dia mungkin juga kembali
Quería ver cómo iba el partido
Dia mahu melihat bagaimana permainan itu berjalan
Se fue en busca de su erizo
dia pergi mencari landaknya
El erizo estaba ocupado luchando contra otro erizo
Landak itu sibuk melawan landak lain
Esta fue una excelente oportunidad
Ini adalah peluang yang sangat baik
Podía hacer croquet a un erizo con el otro
dia boleh mengaroket satu landak dengan yang lain
Pero su flamenco estaba al otro lado del jardín
tetapi flamingonya berada di seberang taman
El flamenco era bastante torpe
flamingo itu agak kekok
Su flamenco intentaba volar hacia un árbol
flamingonya cuba terbang ke atas pokok
Atrapó al flamenco por la pierna
Dia menangkap flamingo di kaki

Y guardó el flamenco bajo el brazo

dan dia menyelitkan flamingo itu di bawah lengannya

De esa manera, el flamenco no pudo escapar de nuevo

dengan cara itu flamingo tidak dapat melarikan diri lagi

Justo en ese momento Alicia se encontró con la duquesa

Ketika itu Alice kebetulan bertemu dengan duchess

La duquesa ya había salido de la cárcel

Duchess kini keluar dari penjara

Metió cariñosamente su brazo bajo el brazo de Alicia

Dia menyelitkan lengannya dengan penuh kasih sayang di bawah lengan Alice

Y luego se fueron juntos

dan kemudian mereka berjalan bersama

Alicia se alegró mucho de encontrarla de tan buen humor

Alice sangat gembira mendapati dia dalam perangai yang begitu menyenangkan

Sin embargo, estaba un poco asustada

Dia sedikit terkejut, bagaimanapun

Oyó la voz de la duquesa cerca de su oído

Dia mendengar suara duchess dekat telinganya

"Estás pensando en algo, querida"

"Kamu sedang memikirkan sesuatu, sayangku"

"Y eso hace que te olvides de hablar"

"Dan itu membuatkan anda lupa untuk bercakap"

—El juego va bastante mejor ahora —dijo Alicia—

"Permainan berjalan lebih baik sekarang," kata Alice

Era una forma de mantener la conversación

ia adalah salah satu cara untuk meneruskan perbualan

-Así es -dijo la duquesa-

"memang begitu," kata Duchess

"Y la moraleja de eso es esta:"

"Dan moral itu ialah ini:"

"¡Es el amor el que lo hace todo!"

"Cintalah yang melakukan semuanya!"

"El amor es lo que hace que el mundo gire"

"Cinta adalah apa yang membuatkan dunia berputar"

Alicia tenía otra explicación

Alice mempunyai penjelasan lain
"¡Lo hace todo el mundo ocupándose de sus propios asuntos!"
"Ia dilakukan oleh semua orang yang memikirkan perniagaannya sendiri!"
—¡Ah, bueno! Podrías tener razón"
"Ah, baiklah! Anda boleh betul"
-Todo significa lo mismo -dijo la duquesa-
"Semuanya bermakna perkara yang sama," kata Duchess
y hundió su afilada barbilla en el hombro de Alicia
dan dia menggali dagu kecilnya yang tajam ke bahu Alice
"Y la moraleja de eso es esta"
"dan moral itu ialah ini"
"Cuida el sentido"
"Jaga akal"
"Y entonces los sonidos se encargarán de sí mismos"
"Dan kemudian bunyi akan menjaga diri mereka sendiri"
Pero entonces el brazo de la duquesa empezó a temblar
Tetapi kemudian lengan duchess mula menggeletar
Alicia alzó la vista y allí estaba la reina
Alice mendongak dan di sana berdiri ratu
La reina tenía los brazos cruzados
Ratu telah melipat tangannya
¡Y ella fruncía el ceño como una tormenta eléctrica!
dan dia mengerutkan kening seperti ribut petir!
—Te advierto —gritó la reina—
"Saya memberi anda amaran yang adil," jerit permaisuri
Y pisoteó el suelo mientras hablaba
dan dia memijak tanah semasa dia bercakap
"O tu cabeza o la suya deben estar cortadas"
"Sama ada kepala anda atau kepalanya mesti terlepas"
"¡Toma tu decisión!"
"Ambil pilihan anda!"
"Y ser rápido al respecto"
"dan cepat mengenainya"
La duquesa hizo su elección
Duchess membuat pilihannya

Y al cabo de un instante la duquesa se fue
dan dalam sekejap duchess itu telah pergi
Entonces la reina le habló a Alicia
Kemudian permaisuri bercakap dengan Alice
"Sigamos con el juego"
"Mari kita teruskan permainan"
Alicia estaba demasiado asustada para decir una palabra
Alice terlalu takut untuk mengatakan sepatah kata pun
Y la siguió lentamente hasta el campo de croquet
dan dia perlahan-lahan mengikutinya kembali ke tanah kroket
Todo el tiempo la Reina se peleó con los otros jugadores
sepanjang masa Ratu bertengkar dengan pemain lain
"¡Córtale la cabeza!"
"Potong kepalanya!"
"¡Córtale la cabeza!"
"Potong kepalanya!"
"¡Córtale la cabeza a todos!"
"Potong semua kepala mereka!"
Pronto todos los jugadores estaban bajo custodia
Tidak lama kemudian semua pemain ditahan
solo quedaron el rey, la reina y Alicia
hanya raja, permaisuri, dan Alice yang kekal
Entonces la reina se marchó, casi sin aliento
Kemudian ratu pergi, agak sesak nafas
y se fue con Alicia
dan dia pergi bersama Alice
Alicia oyó que el rey decía algo en voz baja
Alice mendengar raja dengan senyap-senyap mengatakan
sesuatu
"Estáis todos perdonados"
"Anda semua diampuni"
Pero de repente se oyó otro grito
tetapi tiba-tiba terdengar tangisan lain
"¡El juicio está comenzando!"
"Perbicaraan bermula!"
y Alicia corrió con los demás
dan Alice berlari bersama yang lain

¿Quién robó las tartas?

Siapa yang mencuri tart?

El rey y la reina de corazones estaban sentados

Raja dan ratu hati telah duduk

estaban en su trono cuando llegó Alicia

mereka berada di atas takhta mereka ketika Alice tiba

Había una gran multitud reunida a su alrededor

Terdapat orang ramai berkumpul di sekeliling mereka

Había todo tipo de pajaritos y bestias

Terdapat pelbagai jenis burung kecil dan binatang

Y allí estaba toda la baraja de cartas

dan terdapat keseluruhan pek kad

La sota estaba de pie frente a ellos, encadenada

pisau itu berdiri di hadapan mereka, dalam rantai

y había un soldado a cada lado para custodiarlo

dan ada seorang askar di setiap sisi untuk menjaganya

cerca del Rey estaba el conejo blanco

berhampiran Raja ialah arnab putih

Tenía una trompeta en una mano

dia mempunyai sangkakala di satu tangan

y tenía un rollo de pergamino en la otra mano

dan dia mempunyai skrol perkamen di tangan yang lain

En el centro del patio había una mesa

Di tengah-tengah gelanggang terdapat sebuah meja

Sobre la mesa había un gran plato de tartas

Di atas meja terdapat hidangan tart yang besar

«Ojalá hicieran el juicio», pensó Alicia

"Saya harap mereka akan menyelesaikan perbicaraan," fikir Alice

—¡Entonces podríamos comer algunos de esos refrescos!

"Kemudian kita boleh makan beberapa minuman itu!"

El juez, por cierto, era el rey
Hakim, dengan cara itu, adalah raja
y llevaba su corona sobre su gran peluca
dan dia memakai mahkotanya di atas rambut palsunya yang besar
«Ésa es la tribuna del jurado», pensó Alicia
"Itu kotak juri," fikir Alice
"Y esas doce criaturas, supongo que son los miembros del jurado"
"dan dua belas makhluk itu, saya rasa mereka adalah juri"
algunos eran animales y otros eran pájaros
ada yang haiwan, dan ada yang burung
En ese momento el conejo blanco gritó
Pada masa itu arnab putih itu menjerit
"¡Silencio en la corte!"
"Diam di mahkamah!"
"¡Heraldo, lee la acusación!", dijo el rey
"Herald, baca tuduhan itu!" kata raja
El Conejo Blanco tocó tres veces la trompeta
Arnab putih meniup tiga letupan pada sangkakala

Luego desenrolló el rollo de pergamino
kemudian dia membuka gulungan skrol perkamen itu
Y leyó lo siguiente:
dan dia membaca seperti berikut:
"La reina de corazones, hizo unas tartas"
"Ratu hati, dia membuat beberapa tart,"
"Todo esto lo hizo en un día de verano"
"Semua ini dia lakukan pada hari musim panas"
"La sota de los corazones, robó esas tartas"
"Pisau hati, dia mencuri tart itu"
—¡Y se llevó esas tartas muy lejos!
"Dan dia mengambil tart itu jauh!"
—Llama al primer testigo —dijo el rey—
"Panggil saksi pertama," kata raja
y el conejo blanco tocó tres veces la trompeta
dan arnab putih itu meniup tiga letupan pada sangkakala
"¡Traigan al primer testigo!", gritó
"Bawa saksi pertama!" dia memanggilnya
El primer testigo fue el sombrerero
Saksi pertama ialah pembuat topi
Entró con una taza de té en una mano
Dia masuk dengan cawan teh di satu tangan
Y tenía un pedazo de pan con mantequilla en la otra mano
dan dia mempunyai sekeping roti dan mentega di tangan
yang lain
—Tendrías que haber terminado —dijo el rey—
"Kamu sepatutnya selesai," kata Raja
—¿Cuándo empezaste?
"Bilakah kamu bermula?"
El sombrerero miró a la liebre de marcha
Pembuat topi melihat arnab perarakan
La Liebre de Marzo lo había seguido hasta el patio
arnab March telah mengikutinya ke mahkamah
Había caminado del brazo del lirón
dia telah berjalan bergandengan tangan dengan dormouse
—El catorce de marzo, creo que fue —dijo—
"Empat belas Mac, saya rasa begitu," katanya

—Da tu testimonio —dijo el rey—
"Berikan buktimu," kata raja
"Y no te pongas nervioso, o te haré ejecutar en el acto"
"dan jangan gementar, atau saya akan membunuh anda di tempat kejadian"
Esto no pareció animar en absoluto al testigo
Ini nampaknya tidak menggalakkan saksi sama sekali
Seguía moviéndose de un pie al otro
dia terus beralih dari satu kaki ke kaki yang lain
Y miró inquieto a la reina
dan dia memandang ratu dengan gelisah
Y, en su confusión, mordió un gran trozo de su taza de té
dan, dalam kekeliruannya, dia menggigit sekeping besar dari cawan tehnya
En realidad, tenía la intención de morder de su pan y mantequilla
benar-benar dia bermaksud untuk menggigit roti dan mentaganya
Justo en ese momento, Alicia sintió una sensación muy curiosa
Tepat pada masa ini Alice merasakan sensasi yang sangat ingin tahu
Empezaba a crecer de nuevo
dia mula membesar semula
Al miserable sombrerero se le cayó la taza de té
Pembuat topi yang menyedihkan itu menjatuhkan cawan tehnya
y el pan y la mantequilla cayeron al suelo
dan roti dan mentega jatuh ke tanah
Y cayó sobre una rodilla
dan dia berlutut
—Soy un pobre hombre, majestad —comenzó—
"Saya orang miskin, Yang Mulia," dia bermula
—Eres un orador muy malo —dijo el rey—
"Kamu seorang penceramah yang sangat miskin," kata raja
—Puedes irte —dijo el rey—
"Kamu boleh pergi," kata raja

Y el sombrerero abandonó apresuradamente el patio

dan pembuat topi itu tergesa-gesa meninggalkan mahkamah

—¡Llama al próximo testigo! —dijo el rey—

"Panggil saksi seterusnya!" kata raja

El siguiente testigo fue el cocinero de la duquesa

Saksi seterusnya ialah tukang masak duchess

Llevaba la caja de pimienta en la mano

Dia membawa kotak lada di tangannya

Y la gente que estaba cerca de la puerta empezó a estornudar de repente

dan orang-orang berhampiran pintu mula bersin sekaligus

—Da tu testimonio —dijo el rey—

"Berikan buktimu," kata raja

-No daré ninguna prueba -dijo el cocinero-

"Saya tidak akan memberikan bukti," kata tukang masak itu

El rey miró ansiosamente al conejo blanco

Raja memandang dengan cemas pada arnab putih itu

Y el conejo blanco habló en voz baja

dan arnab putih itu bercakap dengan suara yang tenang

"Su Majestad debe interrogar a este testigo"

"Seri Paduka Baginda mesti memeriksa balas saksi ini"

"Bueno, si debo, debo", dijo el rey

"Baiklah, jika saya perlu, saya mesti," kata raja

"¿De qué están hechas las tartas?"

"Tart diperbuat daripada apa?"

—Las tartas están hechas de pimienta, en su mayoría —dijo el cocinero—

"Tart diperbuat daripada lada, kebanyakannya," kata tukang masak itu

Durante algunos minutos, toda la corte estuvo en confusión

Selama beberapa minit seluruh mahkamah berada dalam kekeliruan

Con el tiempo, todos se calmaron de nuevo

akhirnya mereka semua menetap semula

Pero para entonces el cocinero había desaparecido

tetapi pada masa itu tukang masak itu telah hilang

"¡No importa!", dijo el rey

"Tidak kisah!" kata raja
"Llamar al estrado al próximo testigo"
"panggil saksi seterusnya"
Alicia observó al conejo blanco mientras él repasaba a tientas la lista
Alice memerhatikan arnab putih itu ketika dia meraba-raba senarai itu
Puedes imaginar su sorpresa por lo que escuchó a continuación
Anda boleh bayangkan keterkejutannya pada apa yang dia dengar seterusnya
con su vocecita estridente, llamó el nombre de «¡Alicia!»
di bahagian atas suara kecilnya yang melengking, dia memanggil nama itu "Alice!"

La evidencia de Alicia
Bukti Alice

-¡Aquí! -exclamó Alicia-
"Di sini!" jerit Alice
Se levantó de un salto a toda prisa
Dia melompat dengan tergesa-gesa
Y volcó el estrado del jurado
dan dia terbalik di atas kotak juri
y derribó a todos los miembros del jurado
dan dia menjatuhkan semua juri
y cayeron sobre las cabezas de la muchedumbre de abajo
dan mereka jatuh ke kepala orang ramai di bawah
Alicia estaba muy consternada
Alice sangat kecewa
"¡Oh, le ruego que me perdone!", exclamó
"Oh, saya mohon maaf!" dia berseru
—El juicio no puede continuar —dijo el rey—
"Perbicaraan tidak boleh diteruskan," kata raja
"Los miembros del jurado deben volver a ocupar su lugar"
"Juri mesti kembali ke tempat yang sepatutnya"
Repitió la orden con gran énfasis
Dia mengulangi perintah itu dengan penekanan yang besar
y miró a Alicia con severidad
dan dia memandang Alice dengan tegas
—¿Qué sabe usted de estos acontecimientos? —preguntó el rey a Alicia
"Apa yang kamu tahu tentang peristiwa ini?" raja bertanya kepada Alice
—No sé nada sobre el tema —dijo Alicia—
"Saya tidak tahu apa-apa mengenai perkara itu," kata Alice
Entonces el rey leyó de su libro
Raja kemudian membaca daripada bukunya
"Regla cuarenta y dos"
"Peraturan empat puluh dua"
"Todas las personas que tengan más de una milla de altura deben abandonar el tribunal"
"Semua orang yang lebih daripada satu batu tinggi akan

meninggalkan mahkamah"
—No mido ni una milla de altura —dijo Alicia—
"Saya tidak setinggi satu batu," kata Alice
—Casi dos millas de altura —dijo la Reina—
"Hampir dua batu tinggi," kata Ratu

—Bueno, me niego a ir —dijo Alicia—
"Baiklah, saya enggan pergi," kata Alice
El rey palideció
Raja menjadi pucat
Y cerró apresuradamente su cuaderno de notas
dan dia menutup buku notanya dengan tergesa-gesa
"Consideren su veredicto", le dijo al jurado
"Pertimbangkan keputusan anda," katanya kepada juri
Habló en voz baja y temblorosa
Dia bercakap dengan suara rendah dan gemetar
Entonces habló el conejo blanco
Kemudian arnab putih itu bercakap
"Todavía hay más pruebas por venir"
"Terdapat lebih banyak bukti yang akan datang lagi"
Y se levantó de un salto a toda prisa

dan dia melompat dengan tergesa-gesa
"Este papel acaba de ser recogido"
"Kertas ini baru sahaja diambil"
"Parece ser una carta escrita por el prisionero"
"Nampaknya surat yang ditulis oleh banduan"
Desdobló el papel mientras hablaba
Dia membuka kertas itu semasa dia bercakap
"Al fin y al cabo, no es una carta"
"Lagipun, ia bukan surat"
"Lo que era era un conjunto de versos"
"Apa itu adalah satu set ayat"
—Por favor, majestad —dijo el bribón—
"Tolong, Yang Mulia," kata pisau itu
"Yo no escribí esos versos"
"Saya tidak menulis ayat-ayat itu"
"y no pueden probar que yo escribí nada"
"dan mereka tidak dapat membuktikan bahawa saya menulis apa-apa"
"No hay ningún nombre firmado al final"
"Tiada nama yang ditandatangani di penghujungnya"
El rey le habló a la sota
Raja bercakap kepada knave
"Debes haber tenido la intención de causar algún daño"
"Kamu pasti bermaksud untuk menyebabkan kerosakan"
"De lo contrario, habrías firmado con tu nombre como un hombre honrado"
"Jika tidak, anda akan menandatangani nama anda seperti orang yang jujur"
Hubo un aplauso general
Terdapat tepukan tangan umum
Y el rey se volvió hacia el conejo blanco
dan raja berpaling kepada arnab putih
—Lee los versos —ordenó—
"Baca ayat-ayat itu," perintahnya
Hubo un silencio sepulcral en la corte
Terdapat kesunyian yang mematikan di mahkamah
Y el conejo blanco leyó los versos

Dan arnab putih membacakan ayat-ayat itu
Me dijeron que habías estado con ella
Mereka memberitahu saya bahawa anda telah pergi
kepadanya
Y me mencionaron a él
Dan mereka menyebut saya kepadanya
Ella me dio un buen carácter
Dia memberi saya watak yang baik
Pero ella dijo que yo no sabía nadar
Tetapi dia berkata saya tidak boleh berenang
Les mandó decir que yo no había ido
Dia menghantar berita kepada mereka bahawa saya tidak
pergi
Sabemos que es verdad
Kami tahu ia benar
Si ella insistiera en el asunto, ¿qué sería de ti?
Sekiranya dia meneruskan perkara itu, apa yang akan berlaku
dengan anda?
Yo le di uno, ellos le dieron dos
Saya memberinya satu, mereka memberinya dua
Nos diste tres o más
Anda memberi kami tiga atau lebih
Todos volvieron de él a ti
Mereka semua kembali daripadanya kepada anda
aunque antes eran míos
walaupun mereka adalah milik saya sebelum ini
Si yo o ella tuviéramos la oportunidad de serlo
Jika saya atau dia berpeluang untuk menjadi
Si yo o ella estuviéramos involucrados en este asunto
Jika saya atau dia terlibat dalam urusan ini
Él confía en ti para liberarlos
Dia percaya kepada anda untuk membebaskan mereka
Exactamente como estábamos
Sama seperti kami
Mi idea era que tú habías sido
Tanggapan saya ialah anda telah
Antes de que ella tuviera este ataque

Sebelum dia mempunyai kesesuaian ini
Un obstáculo que se interpuso entre
Halangan yang datang antara
A Él, y a nosotros mismos, y a
Dia, dan diri kita sendiri, dan itu
No le dejes saber que a ella le gustaban más
Jangan biarkan dia tahu dia paling menyukainya
Porque esto debe ser para siempre un secreto, guardado de todos los demás
Kerana ini mesti selama-lamanya menjadi rahsia, dirahsiakan daripada semua yang lain
Este secreto debe seguir siendo un secreto entre tú y yo
Rahsia ini mesti kekal rahsia antara anda dan saya
El rey quedó muy impresionado
Raja sangat kagum
"Esa es la prueba más importante que hemos escuchado hasta ahora"
"Itulah bukti paling penting yang pernah kami dengar"
—No creo que esos versos tengan un átomo de significado — objetó Alicia—
"Saya tidak percaya ayat-ayat itu membawa atom makna," bantah Alice
el rey tenía su propia opinión al respecto
Raja mempunyai pendapatnya sendiri mengenai perkara itu
"Si no hay significado en esas palabras, eso salva un mundo de problemas"
"Jika tiada makna dalam kata-kata itu, itu menyelamatkan dunia yang penuh masalah"
"Entonces no necesitamos tratar de encontrar el significado"
"Kalau begitu kita tidak perlu cuba mencari maknanya"
"Que el jurado considere su veredicto"
"Biarkan juri mempertimbangkan keputusan mereka"
-¡No, no! -dijo la reina-
"Tidak, tidak!" kata permaisuri
"Primero la sentencia y después el veredicto"
"Hukuman dahulu—keputusan selepas itu"
-¡Tonterías y tonterías! -exclamó Alicia en voz alta-

"Perkara dan karut!" kata Alice dengan kuat
"¡Qué tontería es sentenciar al acusado primero!"
"Betapa bodohnya menjatuhkan hukuman kepada defendan terlebih dahulu!"

—**¡Cállate la lengua!** —dijo la reina, poniéndose morada—
"Pegang lidahmu!" kata permaisuri, bertukar ungu
-**¡No me callaré! -exclamó Alicia-**
"Saya tidak akan menahan lidah saya!" kata Alice
—**gritó la Reina a voz en cuello—**
Ratu menjerit dengan suara yang tinggi
"¡Córtale la cabeza!"
"Potong kepalanya!"
Nadie hizo un movimiento
Tiada siapa yang membuat pergerakan
-**¿A quién le importa lo que digas? -dijo Alicia-**
"Siapa yang peduli apa yang kamu katakan?" kata Alice
Para entonces ya había crecido hasta alcanzar su tamaño completo
dia telah membesar ke saiz penuhnya pada masa ini
"¡No eres más que un mazo de cartas!"
"Kamu tidak lain hanyalah sebungkus kad!"
Al oír esto, todas las cartas se alzaron en el aire
Pada masa ini, semua kad naik di udara

Y todas las cartas cayeron volando sobre ella
dan semua kad terbang ke atasnya
Ella dio un pequeño grito
Dia menjerit sedikit
Estaba medio asustada, pero también enojada
Dia separuh takut, tetapi juga marah
Y trató de quitarse las cartas de encima
dan dia cuba melawan kad daripada dirinya sendiri
Y entonces se encontró tendida en el banco de hierba
dan kemudian dia mendapati dirinya terbaring di tebing
rumput
Su cabeza estaba en el regazo de su hermana
kepalanya berada di pangkuan kakaknya
Algunas hojas muertas habían caído en su cara
beberapa daun mati telah mendarat di mukanya
Y su hermana estaba cepillando suavemente las hojas
dan kakaknya perlahan-lahan menyikat daun-daun itu
-¡Despierta, querida Alicia! -dijo su hermana-
"Bangun, Alice sayang!" kata kakaknya
—¡Qué sueño tan largo has tenido!
"Tidur yang lama awak!"
-¡Oh, he tenido un sueño tan curioso! -exclamó Alicia-
"Oh, saya mempunyai mimpi yang ingin tahu!" kata Alice
Y le contó a su hermana todo lo que podía recordar
Dan dia memberitahu kakaknya semua yang dia ingat
todas las extrañas aventuras sobre las que acabas de leer
Semua pengembaraan pelik yang baru anda baca
Alicia se levantó y salió corriendo
Alice bangun dan melarikan diri
Y pensó, mientras corría, en su sueño
dan dia berfikir, semasa dia berlari, tentang mimpinya
—¡Qué sueño tan maravilloso había sido!
"Sungguh mimpi yang indah!"